KB141984

당신의 계이름

당신의 계이름

말이 닿지 못한 감정에 관하여

이음 글·이규태 그림

하루 종일 눈이 내렸다. 일본으로 여행을 온 와중이었는데, 때마침 폭설이 내리고 있었다. 온종일 눈이 내리는 곳에서 내가 할 수 있는 일은 그리 많지 않았다. 나는 매일매일 대합실에 갔다. 경유하는 역이 가장 많은 기차를 골라 탔고, 마음이 내키는 대로 내려서 이름도 모르는 마을을 산책하다가 도로 오길 반복했다. 며칠 동안, 기차에 앉아 보이는 거라곤 오직 눈뿐이었다. 덮이고 덮여 실체가 불분명해질 정도로, 흰 눈은 눈에 잡히는 모든 자락을 단단히 쥐고 놓질 않으려는 듯했다. 한동안, 그런 날들의 연속이었다.

쌓인 눈은 좀처럼, 줄어들 기미가 보이지 않았다. 걷는데 상당한 힘이 들 정도였다. 나는 평소처럼 지명도 모르는 곳에 내려 산책을 하고 있었다. 언 강가를 따라 걷는데, 두 아이가 어렴풋이 보였다. 그 둘은 서로의 이름을 번갈아 불러가며, 눈으로 무슨 형상을 만들지 고민하는 듯했다. 비록 이국의 언어를 이해하지 못하더라도, 어떤 단어가 입 밖으로 흘러나왔고, 그 말을 줍듯 고개를 그쪽으로 가져갔다면 그것은 분명 이름을 부른 게 맞을 거였다. 한 아이가 자신이 던져 놓은 장갑을 주우러 가자, 다른 아이는 그 아이의 이름을 다시 한 번 크게 불렀다. 하얀 눈을 긁다가도 이름을 불렀고, 무언가에 열심히면 그게 무어냐고 궁금한 듯 이름을 부르기도 했다. 그날, 집에 돌아와 나는 온종일 '이름'에 사로잡혔다. 과연, 이름을 부른다는 건 어떤 의미일까 하고.

나는 그동안 불린 내 '이름'들에 관하여 상상했다. 내 이름은 어떻게 불렸을까. 무슨 마음으로 누군가의 입에 오르내렸을까. 그러다 한 번쯤 고이기도 했을까. 분명한 건, 어떤 방식으로든지 이름을 많이 부른 이는 내 삶에 깊게 관여하고 있다는 사실이었다. 그리고 그건 많은 감정들로, 내 이름에 섞인 많은 음들로 나타날지 모른다고. 나는 한 사람과의 관계를 파악하는 데에 있어, 그 사람이 이제껏 불러온 이름들의 음을 헤아려 보는 것만큼 좋은 건 없을 거라는 생각이 들었다. '당신의 계이름'. 제목은 바로 그렇게 만들어졌다. 이 글은, 내가 당신들의 이름을 열심히 불러본 흔적이다.

살면서 당연시 여기던 것들이 어떠한 물음으로 바뀌는 경우가 있다. 애초에 물음으로 시작해서 물음으로 끝나는 경우도 있다. 그리고 나는 그 물음을 빤히 들여다보다 글을 쓰게 되었다. 값싼 연민이나 동정이나 나무라는 시선으로, 뭔갈 대변하겠다는 뜻에서가 아니라 좀 더 이해하려는 심정으로 썼다. 그럼에도 가리지 못한 미숙함이 글 곳곳에 드러난다면 모두 내 책임일 것이다. 나는 이해하길 원하지만 이 글은 내가 누군가를 온전히 이해하여 쓰는 글은 아니다. 나는 매일같이 쓰고 말하지만, 자주 말 앞에서 무너진다. 그나마 알 수 있는 한에서만, 그들의 걸음에 닿은 내 보폭만큼만 겨우 쓸 뿐이다. 부디 내 힘든 말이 누군가의 쉬운 편견이 되지 않기를 바란다.

어쩌면, 이 이야기는 나의 이야기면서 동시에 당신의 이야기일지도 모른다. 그래서 나는 더욱 "미안하다" 말하고 싶다.

차례

1장

일부러
상처 주려던 건
아닌데

_____ 당신과 눈 맞추며
마시고 싶어서요

친구가 내게 이런 말을 한 적이 있다.

"야, 사람이 귀가 작으면 팔자를 못 편다는데, 나는 왜 이렇게 귀가 작을까."

나는 별 시답잖은 소리라고 생각하면서도, 괜히 내 오른쪽 귀를 잡아보았다. 엄지와 검지와 중지 세 손가락만으로도 가뿐하게 잡혔다. 내 귀가 작은 편이라는 걸 그때 알았다.

그 친구가 내게 자기 대신 가게 좀 봐줄 수 있겠느냐며, 오래간만에 부탁했다. 봐줄 수는 있는데, 괜찮아야 하는 건 내가 아니라 그 친구였다. 나는 사람을 직업적으로 대하는 데 서툰 것은 물론, 장사에 관해 아는 것이 없었다.

친구는 걱정하지 말라고 했다. 규모가 작은 맥줏집이니, 별로 어려울 게 없다고 했다. 테이블 다섯 개를 놓으면 꽉 찰 정도로 작은 공간이라는 점, 이미 반죽된 음식을 튀겨 내기만 하면 된다는 사실이 나를 안심시켰다. 친구의 말을 듣자니, 혼자서 충분히 감당할 수 있을 것 같았다.

만만해 보였다. 자잘한 소음을 들으며 책을 읽는 것쯤은 문제도 안 될 것 같고, 바에 앉은 손님과 책에서 읽은 좋은 구절 한두 개쯤 나눠 가질 일을 상상하니, 또 괜찮겠다 싶었다. 나는 그러겠다고 했다.

* * *

스멀스멀 해가 기울어 가로등과 교대할 즈음 가게를 열었고 그 가로등을 애인처럼 부둥켜안는 사람들이 서너 명 보일 즈음 가게를 닫았다. 건너편 가게에서는 옅은 회색빛 강아지 한 마리를 문 앞에 묶어두고 기르고 있었다. 사람들은 몇 번씩 강아지의 털을 쓰다듬고 갔다. 그러다 너무 엉망으로 취한 손님이 거칠게 털을 쓰다듬을 때면, 강아지는 플라스틱 지붕이 대충 얹힌 집에 들어가 나오지 않았다.

가게 부엌에는 밖으로 난 겹창이 하나 있었다. 오랫동안 열어 버릇하지 않아 부식되고 그대로 응축돼버린 창. 남에게 자신을 거뜬히 열어 보인 적이 언제인지 까마득한 창. 그 창에 눈길을 두는 시간이 많을 정도로 친구의 가게는 비교적 한산했다. 웬만해선 가게에 사람이 잘 차지 않았다.

그럼에도 일이 익숙지 않은 탓에 더러 실수를 했다. 가끔씩 이가 빠진 잔을 확인하지 못한 채 음료를 내간 적이 있는가 하면, 주문을 잘못 받아 음식을 덤으로 주는 일도 있었다. 무엇보다 가게를 운영하며 알게 된 건, 바 자리엔 생각보다 잘 앉지 않는구나, 의외로 맛과 향을 분리해내는 사람도 많구나, 안주도 없이 쓴술만 들이켜고는 달다고 말하기도 하는구나 같은 거였다.

차츰 일이 손에 익기 시작했다. 시간을 재지 않아도 튀김옷 색만 보고 어느 정도 익었는지 감이 잡혔다. 요리란 음악으로 따지자면 편곡 같은 것이라고 믿는 편이었다. 최대한 본연에 집중하되 무언가를 더 보태어 다른 모습을 끄집어내는. 비록 튀김뿐일지라도 나는 아주 근사한 연주를 해내고 있다는 기분이 들었다. 기름은 맛을 좀 더 묵직하게 가라앉히는 과정이었으므로 그건 악기로 치면 피아노 건반 중 제일 무거운 음계. 둥둥 안쪽으로 깊게 웅크리는 낮은음이었다. 두텁고 길게 뻗는 낮은음.

점차 가게가 마음에 들었다. 옆 가게의 주인 얼굴도 익혔다. 가게를 열고 닫는 일이 예전만큼 어색하지 않았다. 특히 손님을 다 보내고 일과를 천천히 되돌아보며, 가만히 가게 안을 응시하고 있을 때의 휴지休止가 좋았다. 뭔가, 내가 시간에 말을 붙이는 기분이었다. 이대로 내가 주인이면 좋겠다는 마음도 가끔 들었다. 친구가 어딜 좀 더 멀리 다녀오거나, 가게에 아예 싫증이 나버려서 한동안 내게 떠넘겼으면 싶었다. 그래서 손님이 "주인은 어디 갔나요?"라고 물으면, "원래 제가 주인인데요."라고 대답하며 장난도 좀 쳤다.

* * *

그러던 어느 날, 한 남자가 가게에 들어왔다. 몸이 많이 불편한지 한 손으로 문고리를 쥐고 그 사이로 어깨를 들이밀어 비집듯 열었다. 따라 들어온 다른 쪽 팔이 지나칠 정도로 가볍고 경쾌했다.

그는 제일 먼저 내게 지폐 몇 장을 꺼내 쥐여주며 맥주한잔 마실 수 있겠느냐고 물었다. 그건 어려운 일도 아닐뿐더러, 당연한 일이었으므로 그러라고 했다. 최대한 거품 없이 맥주를 가득 따라주었다. 그는 손보다 먼저 입을 잔에 대고한 모금 들이켰다. 그리고 말했다.

"저 돈 낸 거예요. 계산 끝난 거죠?"

그대로 받아 적을 수 없을 정도로 어려운 말, 어지러운 말이었다. 발음이 심하게 일그러져, 입안에 많이 밀려 있는 말. 입이 생각을 좇지 못해서 한스러운 듯한 말. 나는 알아들었다는 뜻으로 고개를 끄덕였다.

이상하게도, 그날은 손님이 계속 몰려들었다. 그 남자가 출발선을 끊은 주자처럼, 이후 사람들이 가게를 가득 메웠다. 이런 일은 처음이었다. 튀김기 여러 대를 한꺼번에 켜놓고, 그사이에 맥주를 나르고, 홀을 정리하고 나면, 포장을 부탁하는 손님을 위해 음식을 쌌다.

그때마다 남자는 내게 "아까 저 돈 냈어요. 계산 끝난 거 맞죠?"라고 되물었다. 한 번이 아니라, 말끝을 두어 번 반복하면서 확인하듯 물었다. 술을 내가고, 다시 빈 잔을 받아와서 씻고, 그 잔에 다시 술을 채우는 동안 그는 계속 말했다. "아까 저 돈 낸 거 봤죠? 계산 끝난 거 맞죠?" 내가 한 번이라도 알아들었다는 시늉을 하지 않으면, 재차 물었다. "아까 저 돈 낸 거 봤죠. 계산 끝난 거 맞죠?"

가게를 얼마간 더 맡아보겠다는 마음은 이미 사라진 지 오래였다. 많은 양의 요리를 튀긴 탓에 오랜 시간 가열된 기름에서 연기가 자욱하게 피었다. 이 갑갑한 가게에서 빨리 벗어나고 싶다는 생각뿐이었다. 좁은 틈을 억지로 통과하려고 기어들어 가다 몸이 끼어버린 것처럼, 하지 말았어야 할 일을 괜히 해버렸다는 생각이 들었다.

더구나 도식적이고 반복적으로 묻는 남자의 말은 끊임없이 뭔갈 부추기는 기분을 만들었다. 그는 쉴 새 없이 같은 말을, 질릴 정도로 되풀이하며 말했다. 가끔씩 정확한 사실보다 그것을 둘러싼 분위기에 더 숨 막힐 때가 있는데, 그의 말이 그랬다. 밀려드는 주문보다 그 질문을 견디는 게 더 고된 일이었다.

왜 그는 나를 이토록 다그치는 것일까. 왜 이렇게 자기

말 좀 들어달라고 애쓰는 걸까. 하필이면 처음 바에 앉은 이가 왜 이토록 불쾌한 사람일까.

가게가 어느 정도 정돈되고 나서 나는 그에게 말했다.

"계산은 끝나셨어요. 더 지불할 것도 없고, 다 드시면 그냥 가셔도 됩니다."

다시는 묻지 말란 의미로 답한 말이었다. 더 이상 그 질문을 듣고 싶지 않았다. 슬슬 화도 났다.

"오늘은 동생 분이 없네요."

내 친구를 말하는 건가 싶어, 며칠간 대신해서 내가 가게를 보게 됐다고 했다. 그는 알겠다고 답한 다음, 고맙다는 말도 덧붙였다. 나는 그 고맙다는 말이, 질문에 답해준 수고라고 생각했다. 정말, 그뿐인 줄 알았다. 그가 다시 말을 꺼내기 전까진.

"고마워요. 저 같은 사람도 술 마시게 해줘서."

그가 내뱉은 '같은'이라는 말이 무엇을 의미하는지 대충 알아들었으나, 그렇다고 그 말이 술과 어떤 상관관계가 있는지는 잘 이해되지 않았다. 자신에게 '같은'이란 말을 쓰는 것조차 마음에 들지 않았다. 왜 그토록 돈을 낸 사실을 반복해서 확인하려고 했는지도 얼추 감이 잡혔다.

어쩌면 그동안 돈 때문에 술을 마시지 못한 게 아니었을 수도 있겠다 싶었다. 지불로 이루어진, 주인과 손님이라는 가장 거리낄 것 없고 정당한 관계를 증명해 보이고 싶었던 걸지도 몰랐다.

"술은 그냥 마시면 되는 거잖아요."

그는 아니라고 했다. 그래서 술을 마시고 싶으면 꼭 이곳에 온다고. 편하게 술 마실 수 있는 곳은 이곳뿐이라고. 자신이 올 때마다 동생이 참 친절하게 맞춰줬다고. 그러고 나서 지금 자기가 한 이야기는 동생에게 하지 말아달라고 내게 당부했다. 관계를 조심하려는 부탁 같아, 그러겠다고 했다.

어떤 연유로 그의 팔이 심하게 뭉개졌는지, 그 충격 때문에 말까지 어눌해진 것인지, 그건 잘 모르겠다. 다만 짐작하건대, 그가 사고를 겪고 제일 먼저 감당해야 했던 것은 그 사고가 얼마나 많은 것들을 바꿔놓았는지 실감하는 일이었을 것이다.

앞으로 어떻게 살아야 할지, 그걸 일일이 소화해내는 과정을, 막막하지만 밟아야 했을 것이다. 사람은 자신에게 일방적으로 벌어진 사건보다, 그 사건으로 인한 타인의 일방적이고 무책임한 시선을 더 의식한다.

* * *

그는 계속해서 잔을 비우고, 재차 주문했다. 갈증이 나물을 들이켜듯, 술을 마셨다. 나는 술을 내갈 때마다 거품을 걷어내 가득 따랐고, 테이블엔 몇 모금의 술이 어질러져 있었다.

그는 자신에 관해 화두를 던질 때면, "나 같은"이라는 말을 꼭 덧붙였다. 나는 그가 부디 그런 '말'로 자신을 가두지 않기를 바랐다. 그 말에 익숙하지 않기를 바랐다. 말은 너무 간결하지만, 가혹할 정도로 위력적이니까. 그가 내게 "계산 끝난 것 맞죠?" 하며 물었던 것도 사실, 별 뜻은 아니었을 것이다. 아마, 자신도 모르게 몸으로 터득해버린 어떤 습관이었을 것이다.

그는 맥주 두 잔을 더 주문했다. 여러 가지 재료가 혼합된 맥주를 마시며, 기분 좋은 표정을 지었다. 내게 어떤 재료들이 들어갔는지 물어가며, 본인이 느끼는 향과 맛에 대해서도 설명했다. 나는 그가 궁금해하는 것들에 정성껏 대답했다. 그 와중에, 그는 고맙다는 말도 빼먹지 않았다. 옆으로 난 겹창에선 회색빛 강아지가 취객들을 향해 짖고 있었다. 시간이 늦어, 거리에는 사람이 많지 않았다.

그는 마지막으로 "계산, 끝난 거죠? 이거 마시고 그냥 가면 되는 거죠?"라고 물었다. 나는 "그럼요."라고 대답했다. 친절하게도, 그는 자신이 비운 맥주 석 잔을 한 손에 쥔 채로 주방까지 들어와 건넸다. 내가 그 잔을 받아들고, 등을 돌린 그의 모습을 보는 순간, 그만 아찔했다.

내 눈에 가득 들어온 그의 옆얼굴에는 귀가, 나와는 다른 아주 크고 넓은 귀가 걸려 있었다.

아빠
뽈 차고 올게!

부족한 살림을 어떻게든 펴보겠다고, 부모님은 부리나케 돈벌이를 하러 다녔다. 어머니는 평소 새벽같이 출근해야 하는 아버지보다 조금 더 이른 시간에 일어나 손수 도시락을 챙겼다. 도시락을 다 채우고 남은 찬거리는 고스란히 어머니와 내 몫이 되었다. 내 밥이 아버지가 남기고 간, 그 절반의 몫이었다는 사실을 아는 건 그리 어렵지 않았다.

어느 날엔가 어머니가 내게 "먹고 싶은 반찬이 뭐냐?" 물었다. 나는 "고등어요!" 힘주어 답했다. 어머니와 함께 장을 보는데도 어머니가 정말 고등어를 구워줄지 미심쩍었다. 이튿날, 이른 아침부터 어머니를 졸졸 쫓아다니며 모든 조리 과정을 지켜보았다. 어머니는 약속대로 고등어를 구워줬지만, 살이 잔뜩 붙은 부위를 떼어다 아버지의 도시락에 먼저 차곡차곡 넣었다. 그러고 나서 남은 부위의 살을 발라다가 접시에 쌓더니 내게 밀어줬다.

잔뜩 심술이 난 나는 어머니에게 대들었다.

"왜 아빠가 먹고 남긴 걸 내가 먹어야 해?" "난 무슨 거지야?"

내가 아는 가장 저속한 말들을 골라 나 자신을 볼품없게 꾸미기 시작했다. 그것은 작고 여린 아이가 부릴 수 있는 유일한 폭력, 그 비슷한 것이었다. 어떻게든 어머니가 죄책감을 느끼길 바랐다. 얼마나 못났는지, 바닥인지 설명하려 들면, 그 말이 그대로 어머니의 가슴에 얹히거나 맺힐 게 분명했으니까.

어머니는 한동안 말을 하지 않았다. 속으로 충분히 무언갈 삭이고 나서야 입을 뗐다. 어머니는 울지 않았지만, 말의 음계는 얕게 흔들렸다. 그렇다고 별다른 말이 나온 것은 아니었다. 뜸을 오래 들여 고른 말은 겨우 "다음에 또 해줄게." 뭐 그런 것이었다.

그때 나는 알지 못했다. 사람이 제각각의 부류로 나뉘듯, 사랑에도 각자의 방식이 있다는 것을. 허나, 나는 그 표현 방식이 늘 불만이었다. 정말 못된 아이였다.

조금 일찍 눈을 뜬 날이면 나는 어머니를 볼 수 있었다. 그보다 더 부지런하면 아버지도 볼 수 있었다. 그 말은 내가 조금이라도 이불 속에서 늑장을 피우면 아무도 볼 수 없었다는 이야기다. 나는 늘 부모님보다 먼저 잠들었고 더 늦게 일어났다.

언젠가 어머니는 그런 내게 "네 나이 때는 밥보다 잠을

24

더 많이 먹어야 잘 자란다."라고 말했다. 마치, 뭘 해 먹이는 게 별 소용없다는 듯이. 아버지는 밥이 고프고 나는 잠이 더 고프다는 걸 알았던 걸까. 그래서 내게 고등어를 줄 때도 아버지 몫을 챙긴 뒤 자투리를 챙겨주는 것만으로 족하다고 생각했던 걸까.

잠을 열심히 먹고 깨어나면 집 안에는 아무도 없었다. 아무런 움직임도, 아무 소리도 느껴지지 않았다. 한바탕 어떤 일들이 벌어졌다 지나간 사실도 모를 만큼 정돈된 느낌. 애초에 아무 일도 일어나지 않았다는 듯한 고요함.

나는 그게 싫었다. 차분한 집 안의 분위기가 항상 메스껍고 불편하기만 했다. 지금 생각해보면 '외로움'과 비슷한 종류의 감정이었던 것 같은데, 그때는 몰랐다. 배운 적도 없고, 설명하기엔 더더욱 어려운 감정이었다. '내가 지금 어떤 감정을 느끼고 있구나.'라는 사실을 알 턱이 없었다. 그 감정을 설명하기엔 아는 말이 없었고, 몇 가지의 말을 배우고 난 이후엔 겪을 수 있는 경험이 별로 많지 않았다.

내 감정에 마땅한 이름을 붙여주지 못했던 나는, 그때부터 여기저기 사방팔방 어디론가 열심히 뛰어다녔다. 난해한 감정에 딱히 이렇다 할 해결 방법이 있는 것도 아니어서, 무작정 밖으로 쏘다녔다.

방향이 어디인지 알지 못해도, 왜 이렇게 나와서 '아등바등 걸음을 잇고 있나' 하는 생각이 들어도 걸었다. 분명한 건 내가 어떤 불편한 감정들에서 점점 멀어지고 있다는 사실이었다. 그렇게 멀어지다 보면 기분이 좀 나아졌다.

　　차츰 근처 발길이 닿는 곳의 몇몇 지명을 마음에 적어 두는 일이 많았다. 무작정 걸어서 그 장소에 도착해야 직성이 풀리는, 이상한 내기를 혼자 하고 있었다.

　　걸으면서 한 가지 알게 된 사실은, 어느 장소로 옮겨갈 때 그 지명에 걸맞은 모습이 갑자기 펼쳐지지만은 않는다는 점이었다. 가령 '숲 아래 자라난 마을'이란 뜻의 정림동靜林洞에서 '냇물이 아름다운 마을'이란 뜻의 가수원동佳水院洞으로 건너갈 때, 그 풍경이 눈앞으로 번뜩 달려들거나 하지 않았다. 어떤 구획을 기점으로 불리는 이름이 달라져도 주변 풍경엔 별다른 변화가 없었다. 아마, 그 '말'이 내가 경험하지 못한 훨씬 오랜 기억을 품고 있어서일지도 몰랐다.

　　다만, 나는 그 말이 무척 신기했다. 길마다, 특정 공간마다 이름을 붙여준다는 게. 그리하여 부를 수 있고, 들을 수도 있다는 게 좋았다. 그것이 단순히 행정 구역상 편의라 할지라도. 다 엇비슷하거나 매번 같은 낯빛을 지닌 얼굴을 하나하나 들여다보고 좋은 점을 골라내 붙여준 별명처럼 느껴졌다.

내가 어딜 함부로 걸어 다니지 않게 된 건 아버지가 실업하고 나서였다. '외로움'이란 감정 대신 다른 감정에 골몰하게 된 것도 그즈음이었다.

아버지는 온종일 집 밖을 나서지 않았다. 특선 같지도 않은 특선 영화 시리즈를 보거나, 요리 같지 않은 요리를 해 먹는 일로 하루를 보냈다. 누구를 만나러 간단 소리를 단 한 번도 입 밖으로 꺼내지 않는 걸 봐서는, 실업하며 그나마 남은 세상의 연까지도 끊어진 사람 같았다. 그럼에도 여전히 식탁에는 아버지 몫의 밥이 배부르게 차려졌고, 내 것은 별 소용없다는 듯이 차려졌다.

그런 아버지가 처음 집 밖을 나서게 된 건, 다름 아닌 내게 시킨 담배 심부름 때문이었다.

아버지는 많은 양의 담배를 쟁여놓고 피웠고 그 담배를 다 피울 동안 움직이지 않았다. 하루는 그 담배마저 다 태웠는지, 내게 지폐 몇 장을 쥐어주며 말했다.

"요 앞 슈퍼에 가서 담배 좀 사와라. 네가 먹고 싶은 것도 사고."

나는 배부르게 먹을 만큼 과자를 집었고, 아버지가 담배 이름이라고 적어준 종이를 펼치며 가게 주인에게 물었다.

"디스 있어요?"

아직도 그 가게 주인의 표정이 선하게 그려진다. 사람의 검은자위가 어쩌면 그토록 정확하게 정중앙으로 몰리고 흰 여백이 부풀 듯 넓어지는지. 여태껏 그만큼 허여멀거니 표백된 표정을 본 적이 없다.

주인은 내게 전화기를 건네주며 우리 집 번호를 누르게 했고, 아버지가 받자 전화기를 낚아챘다. 그러고는 아버지에게 "담배는 꼭 본인이 와서 사셔야 해요. 이렇게 어린애를 보내면 어떡해."라고 타박에 가까운 부탁을 했다. 수화기 너머로 아버지가 내 이름을 부르며 말했다.

"집으로 와라."

나는 그날 아버지가 직접 슈퍼에 다녀오면서 분명 무엇을 보았다고 생각한다. 정확히 말하자면 무언가를 보았고, 그래서 마음의 심지가 조금 달라졌다고. 그렇지 않고서야 게으르게 늘어졌던 몸이 어찌 퍼뜩 일어나 사방으로 뛰어다니기 시작했단 말인가.

짐작건대 아버지는 집 근처 초등학교 운동장에서 벌어지는 조기 축구 동호회의 경기를 보았을 것이다. 묵혀둔 갈증이 말끔히 씻기기라도 했는지, 그때부터 주말이면 매끈하게 광택이 나는 운동복을 입고 날 선 축구화를 신고 나갔으니까.

아버지는 구기 종목 중 유독 축구만큼은 애착이 남달랐
는데, 나는 그것이 아버지가 재직 시절 사내 체육 대회에서
직원들과 치덕거리며 보던 승부 때문이 아닐까, 싶다.

"진짜로 해, 진짜로."

그 당시, 아버지가 제일 입버릇처럼 하던 말이었다. 자
신이 넣은 골이, 자신의 노력만으로 들어간 게 아닐지도 모른
다는 생각 때문이었다. 어쩌면 자신보다 더 생생하고 진짜처
럼 살아 있는 듯한 말들. 다시 말해, 아버지를 수식하고 증명
하는 어떤 직함 같은 것.

아버지가 무서운 게 아니라 아버지를 둘러싼 말들이 무
서워서 저리도 맥없이 길을 터주는 게 아닐까 의심이 들었
던 모양이었다. "진짜로 해, 진짜로." 그래서 그 말은 거의 불
명확한 항변에 가까웠다. "진짜로 해, 진짜로." 마치 지금까지
사람들이 보았던 자신의 모습은 헛것이라는 듯, 바로 지금의
자신이 진짜라고 우겨대는 것처럼.

다행히 직원들은, 아버지가 어떤 사람이건 간에 개의치
않았던 모양이었다. 아버지는 한 직원의 매서운 태클에 걸려
넘어졌고, 그대로 쓰러져 돌부리에 정강이를 박았다. 살갗 내

부에서 단단히 버티고 있던 뼈가 훤히 드러났지만, 아버지의
입은 귀에 걸려 있었다.

　그 상처를, 직위로 골을 넣은 게 아니라 진짜 제 몸을 열
심히 굴리고 투덕거리며 넣은 증표쯤으로 여기는 듯했다. 그
부상이 만들어낸 어떤 기쁨의 표정을, 그 기이한 순간을 나는
아직 잊을 수가 없다. 그것은 인생에 한두 번쯤은 과감히 내
어줘도 괜찮을 흉터, 그럴싸한 '빈티지' 비슷한 것이었다.

　아버지는 주말이면 꼬박 '뽈'을 차러 간다고 집을 나섰
다. 공이 아니라 꼭 '뽈'이어야 했다. 입을 한번 휘감고 착 떨
어지는, 그 입맛 좋은 소리를 아버지는 듣기 좋게 냈다. 그럴
때면 또 빈티지 하나를 만들러 가나 싶었다. 사실 말이 좋아
빈티지지, 아무런 멋도 없고 그냥 헌것에 지나지 않는 쓸모없
는 몸뚱이였다. 어릴 땐 그 모습이 왜 그렇게 그럴싸해 보였
는지 모른다.

　그날도 아버지는 어김없이 "뽈 차고 올게." 하고 집을 나
섰다. 하루에도 몇 번씩 집 안을 쏘다니며 거의 날아다니다
시피 한 어머니와는 다르게 아버지는 가만히 누워만 있다 늘
정확한 시간에 밖으로 나갔다.

　이상하게 그날은 '뽈'의 어감이 평소보다 유독 식욕 돋
게 들렸다. 이제는 "진짜로 해, 진짜로." 하지 않아도 이미 진

짜인 아버지가 방방 뛰어다니며 '뽈'을 차는 모습이 머릿속으로 술술 그려지기까지 했다. 오래간만에 아버지가 자신만의 수공예로 그럴싸한 빈티지를 하나 더 만들어올지도 몰랐다. 나는 그런 아버지가 보고 싶었다.

운동장에는 예전 같지 않은 몸을 예전처럼 써보려고 바둥대는 몸들이 서로 거칠게 붙고 떨어지고를 되풀이하고 있었다. 아버지들의 몸은 죄다 같은 몸처럼 지쳐 보였다. 시원하게 잘빠진 허연 몸은 찾아볼 수 없고, 맥을 못 추거나 뒤뚱거리는 몸들만 땀에 번들거리고 있었다.

하염없이 움직이는 그 몸을 보며, 마치 고무 같다는 생각을 했다. 팽팽한 탄력을 지닌 고무가 아니라, 삭을 대로 삭거나 한계치까지 늘어나 조금만 당겨도 끊어질 것처럼 위태로운 고무. 나는 그걸 아버지들의 몸에서 보았다. 그리고 그 안에서 내 아버지를 찾으려 열심히 눈으로 좇았다.

정강이 부근의 흉, 아버지가 만들고도 그렇게 맘에 들수가 없어 웃어 보이던 빈티지, 그걸 찾기만 하면 금방이었지만 보이지 않았다. '뽈'을 차러 간다던 아버지가 도무지 어디에도 보이지 않아 불편해진 마음으로 걸음을 돌리려던 순간, 익숙한 누군가가 시야에 슬며시 잡히기 시작했다.

점점 선명해졌다. 아버지였다. 아버지는 운동장 한편에, 가시가 잔뜩 난 장미 넝쿨로 뒤덮인 담벼락에서 무얼 앓거나 잃은 사람처럼 서 있었다. 나는 어찌 해야 할지 잘 몰랐다. 아버지에게 말을 붙여야 할지, 그렇다면 무슨 말이 적당할지, 알 수 없었다.

그 일은 내게 강력한 하나의 사건이었다.

그날, 나는 '내가 어떤 성질의 사람인가'에 대해 얼핏 알게 되었다. 그러니까 부러 모르는 체해도 되는 순간을 못 견뎌 하는 것. 어떻게든 들키지 않으려 애쓰는 사람에게 억척스레 말을 붙이는 사람이라는 것. 그게 나였다.

그냥 돌아갈까 하다 결국 아버지에게 다가가 옆구리를 쿡 찔렀다. 어째서인지 아버지는 놀라지 않았다.

"아빠, 왜 안 해. 사람들이 안 껴줘?"

아버지는 아무 말이 없었다.

나는 할 말이 없도록 만드는 말을 잘했다. 그건 어려서 할 수 있는 말이기도 하고, 내가 아는 말이 별로 없어서 무작정 뱉고 보는 말이기도 했다. 아버지는 곧 실없는 웃음을 지어보였다. 그리고 아주 작은 목소리로 입을 뗐다.

"그러게, 내가 못해 보이나. 안 껴주네."

딱, 한마디였다. 아버지는 '뽈'이 어쩌네, 사람들이 저쩌네 같은 말들을 보태지 않았다.

아버지는 내 조그마한 손을 감싸듯 쥐고 근처 슈퍼로 데려갔다. 내게 담배 심부름을 시켰던 그 슈퍼였다.

아버지는 "먹고 싶은 것을 다 담아라."라고 말했지만, 나는 아버지의 눈치를 살피며 살살 고르는 척하다가 말았다. 다른 날 같았으면 열심히 달려들었을 텐데. 원래대로라면 아버지도 "과자 같은 서 자꾸 먹어 버릇하면 입맛 다 버린다." 했을 텐데.

마치 그날은 서로 다른 역을 맡기로 약속한 배우들 같았다. 아무렇지 않은 척하는 모든 시늉들이 사실은 전혀 괜찮지 않았다. 정말, 나는 그 순간 아버지의 속을 헤집는 기분이 무엇인지 알 도리가 없었다. 가장 아름다운 흥을 만들러 간 사람이 아들에게 고작 "사람들이 안 껴줘?" 같은 말이나 듣고, 그런 아들에게 과자를 사 먹으라 떠밀고, 갑작스레 철이 들어버린 아이는 짓궂게도 사지 않고.

* * *

아버지는 예전처럼 집 밖을 잘 나서지 않았다. '뽕'이니 뭐니 하는 말들도 아버지 입에서 나오지 않았다. 여전히 담배를 자주 피웠고, 종종 집 근처 담배 가게에 다녀오는 것이 고작이었다. 나는 아버지가 가게에 들렀다가 집으로 오는 길에, 다른 무언가를 발견하고 매혹되었으면 좋겠다고 생각했다.

이후, 아버지는 밥벌이를 하러 곳곳을 수소문해 돌아다녔지만, 좋은 소식이 없었다. 어머니는 집안 살림에 밥벌이까지 하느라 온갖 일거리를 손에 놓지 않았다. 아버지는 기술이 없었고, 어머니는 재주가 좋아 그랬다.

나는 그런 아버지에게 더는 철없이 어리광을 부리지 않았다. 그것은 내가 아버지에게 처음으로 갖는 일종의 죄책감이었다. 어머니의 가슴에 생채기를 내려 고의로 내뱉은 말과는 다른 종류의 감정. 의도치 않게 내가 아버지의 무언가를 없애버린 기분이었다. 도로 주고 싶어도, 줄 수 없는 무엇. 빼앗은 게 아니라, 아예 지워 사라진 것 같았다.

때로는 의도와 상관없이 내뱉은 어떤 말들이 누군가를 난처하고 부끄럽게 만들 수 있다는 걸, 그로 인해 말로 빚을 질 수 있다는 걸 그때 깨달았다. 나는 그날의 감정을, 살면서 한두 번쯤 의무적으로 마주쳐야 할 과제쯤으로 생각한다.

변변치 않은 말 앞에서 한참을 머뭇거리다 고른 말이, 못내 미안할 때가. 그렇게 말을 고르더라도 별 소용이 없어서, 말이 모자라다고 생각될 때가. 그런 때가 우리에게 몇 번쯤 있었다.

_____ 혼자 아닌 듯
혼자 가 된 나

　이것이 평균치고 또 이것은 내 것이라면서, 의사는 백혈구 수치가 기록된 그래프를 보여주었다. 그 숫자들이 의미하는 바가 무엇인지 모르겠지만, 잘못되었다는 걸 충분히 짐작할 만큼 비정상적으로 보였다. 의사는 그걸 자가면역질환의 일종이라고 설명했다. 그래서 곰팡이가 슬듯 몸이 헐고, 눈이 자주 충혈될 정도로 피로를 느끼고 면역에 문제가 생기는 것이라고. 몸은 제 나이에 맞게 성장하는 데 반해, 면역력이 형편없는 것은 그 때문이라고 했다.

　치료가 가능하냐고 물었다. 그는 불가능하다고 했다. 특히 희귀병은 발병 원인을 몰라 완치가 불가능해서 만성 질환처럼 달고 사는 수밖에 없다고 했다. 치료가 불가능하다는 말을 내뱉고 스스로 멋쩍었는지 의사는 차고 있던 가죽 팔찌를 감싸듯 쥐었다. 그러자 시든 가죽 향이 밀려왔다. 오랜 시간을 묵혀 만든 냄새 같았다. 그에게 썩 잘 어울렸다.

　의사는 내게 몇 가지 주의 사항을 일러주었다. 약을 먹어도 효과가 없을 땐 다시 의사와 상담할 것. 함부로 판단하여 복용량을 늘리지 말 것. 여의치 않아 복용량을 늘려야 할 경우 반 알씩만 늘릴 것. 문제가 생기면 꼭 병원에 올 것 등을 당부했다.

　허나 나는 "여의치 않다면"이라는 말을, '충분히 그렇게 해도 된다'는 의미로 받아들였다. 몸이 예전 같지 않다는 말. 그런 말은 듣기만 했지 직접 체험해본 적이 없어서 더 그랬다. 내가 느끼기엔 몸이 그럭저럭 괜찮은 것 같은데, 굳이 의사의 당부를 곧이곧대로 들을 필요가 있나 싶었다.

　한 분야의 전문가가 계속해서 무언갈 당부하고 지시하는 일엔 믿음이 잘 가지 않는 편이었다. 나를 살살 꼬드기고, 구슬리려는 것 같았다. 사람을 함부로 판단한 데에 죄책감이 들면서도, '이 사람이 나를 뜯어먹으려는 건가?' 하는 의심이 좀체 가시지 않았다. 결국 다시는 그 가죽 냄새를 맡으러 가지 않았다.

　약을 먹은 날도 있었고, 그렇지 않은 날도 있었다. 쓰려던 글은 어딘가 막혀 한참을 나아가지 못했다. 냅다 시간만 들이부었다. 그렇게 투자한 시간은 어떤 증명도 해주지 못한 채, 실체 없이 모두 증발해버리는 듯했다.

　눈에는 핏기가 돌았다. 목뿐만 아니라 몸 전체가 갈증을 느낄 정도였다. 오래 묵은 먼지처럼 퀴퀴한 냄새도 간간이 맡아졌다. 역한 실내가 방안 구석구석을 가득 채우고 있어 그런 모양이었다.

입안에는 온통 흰 곰팡이가 피었다. 피로가 쌓이고 쌓일수록 몸 어딘가는 자꾸만 덜겠다는 듯이 패이고 헐었다. 자고 싶지 않았는데, 내 몸은 이미 잠잘 채비를 마친 사람처럼 흐릿했다.

그때, 처방받은 약 몇 알이 눈에 들어왔다. 꼬박 챙겨 먹으라고 했던 약이었건만 며칠째 거르고 있었다. 그게 무슨 수면 유도제라도 되는 양 두어 알쯤 삼켰다. 그러면 몸이 좀 괜찮아질 것만 같았다. 이내 까무룩 잠이 들었다.

* * *

잠에서 깬 건 순전히 거북함 때문이었다. 누군가 몸속에 강제로 숨을 구겨 넣은 듯이 갑갑했다. 무언가 이상했다. 숨이 잘 쉬어지지 않았다. 들이마시는 숨과 내쉬는 숨의 양이 일방적으로 어긋나기 시작했다. 들숨은 끅끅거리며 그런대로 들어왔는데, 날숨은 도통 밖으로 뱉어지질 않았다. 마치 방에 물이 차가는 것만 같았다.

문득 두려워졌다. 이제껏 경험해보지 못한 종류의 공포가 몸으로 몰려들었다. 몸에 얕게 경련이 일었다.

집 안의 정황이 눈에 들어오지 않았다. 중단한 약을 다시 복용하려면 적정 복용량이 필요하다는 사실을, 이 일을 겪고 얼마가 지나서야 알았다. 머리가 조이듯 아프고 어지러웠다. 급체를 하거나 열이 올랐을 때 느끼는 어지러움과는 차원이 달랐다. 어지러움도 사람의 입맛처럼 기호의 범주가 있다면, 이 어지러움은 도저히 받아들이기 힘든 취향이었다. 시린 물에 머리를 처박고 사정없이 휘젓고 싶었다.

집 밖으로 나왔는데, 길이 평소보다 더 아마득해 보였다. 몹시 추운 겨울날. 얇은 티 한 장만을 걸친 불우한 행색에, 숨까지 거칠게 몰아쉬며 허우적대는 모습은 누가 봐도 섬뜩한 인상을 주기에 충분했을 것이다. 숨이 가쁘고 다리는 힘이 빠져 후들거렸다. 경사가 가파른 길을 금방이라도 쓰러질 듯 비틀거리며 내려왔다.

서둘러 택시를 잡았다. 기사는 내 외양을 한 번 크게 훑고는 방향을 틀었다. 그가 차를 아주 거칠게 몰았지만, 이미 나는 지독한 어지러움을 느끼고 있었으므로, 그런 건 아무렇지도 않았다.

도착하자마자 그는 운전석에서 내리더니, 내 한쪽 팔을 자신의 딱딱한 목선에 걸쳐 부축했다. 병원 앞 화단의 둔덕을 손바닥으로 몇 번 쓸었고, 나를 그곳에 앉혔다. 그는 시계를 몇 번 힐끔거렸다. 알아들을 수 없는 소리로 무어라 중얼거리는 듯도 했다.

그때 택시를 잡으려는지 어떤 사람이 기사가 세워둔 택

시 안을 살폈다. 그 모습을 본 기사는 내게 "돈은 됐고, 입구는 저쪽이에요."라고 말한 뒤 황급히 차로 되돌아갔다. 나는 화단에 걸터앉아, 그가 일러준 입구 쪽으로 고개를 돌렸다.

흡연을 하러 나온 몇몇 사람들 외엔, 드나드는 사람이 없었다. 고요하고 소슬한 분위기가 주변을 에워쌌다. 무슨 일이 벌어지든 그건 자신과 전혀 관계가 없다고 미리 선을 긋는 것처럼 무심함마저 느껴졌다. 나 자신이 어떤 범주에서 철저히 제외된 사람 같았다.

겨우 병원 건물 안으로 들어서자, 접수창구에 앉아 있던 직원이 이리로 오라는 말 대신 손목을 두어 번 움직여 손짓으로 나를 붙잡았다. 거의 기다시피 해 가까스로 걸어갔다. 여전히 다리는 후들거렸고 숨은 가빴다. 그렇다고 밟아야 할 절차를 건너뛸 순 없었다.

간호사는 내게 이것저것을 물어보았다. 하지만 사소한 질문에도 변변히 말을 잇지 못할 정도로 힘든 상태였다. 결국 나조차 내 말을 알아들을 수 없는 지경에 이르렀고, 간호사는 자신의 귀를 점점 내 입가 쪽으로 가져왔다. 발음이 새어 말이 풀어지고 흩어졌다. 이런 나를 상대로 그녀는 계속해서 말만 알아들으려 애쓰는 듯했다. 질문이 이어졌고, 나를 채근했다.

말을 하지 못하는 사람에게 계속해서 무엇이냐고 묻는 건 도대체 어떤 종류의 말일까. 이참에 내게 말이라도 가르치려 들 셈일까. 간호사는 안 되겠다 싶었는지 몇 개의 칸이 구획된 종이와 펜을 내밀었다. 말을 하지 못하니 적으란 소리였다.

　　내 손이 심하게 떨리자, '할 수 있다'는 듯 억지로 내 오른손을 꽉 쥐고 글을 쓰도록 도왔다. 떨리는 몸은 자꾸 내 통제를 벗어나려고 발버둥인데, 그녀는 참지 못했다. 가끔씩 자기 몸을 스스로 통제할 수 없는 순간을 단 한 번도 경험해보지 못했거나 서툼을 미숙함의 동의어쯤으로 여기는 사람 같았다.

　　슬슬 화가 났다. 나는 펜을 바닥에 집어던졌고, 간호사는 짐짓 놀란 표정을 지었다.

　　그리고 나는 그대로 쓰러졌다.

* * *

　　몇 가지 간소한 검사가 이루어진 듯했다. 깨어보니 이상한 장치가 내 몸에 주렁주렁 달려 있었다. 시간이 얼마나 지난 걸까. 급류에 한바탕 정신없이 쓸려가다 건져진 신세마냥, 시간의 경과가 온몸 곳곳에 새겨져 있었다. 흠집이 팔 이곳저곳에 아픈 무늬를 그렸다. 어딘가에 부딪치거나 긁혔던 모양인데, 기억나지 않았다.

병원 실내는 한적하니 조용했다. 크게 아픈 사람이 없어, 크게 우는 사람도 없는 듯했다. 누군가는 달래고, 누군가는 웃었다. 그건 아주 좋은 일이라고 생각했다.

폭이 좁은 간이침대에 모로 누워 천장만 바라봤다. 어딘가 사무적인 약품 냄새가 코로 들어왔다. 그 냄새가 싫진 않았다. 조금씩 올라가고 떨어지는 수치들이 맥박처럼 일정한 리듬에 따라 무심하게 움직였다. 초록빛 부드러운 곡선이 출렁거렸다. 몸에 이상이 없다는 일종의 신호였다. 이상하게 내 몸의 상태를 나타내고 기록하는 일련의 운동들을 보면 무기력하면서 동시에 덤덤한 안도가 찾아오곤 했다.

꼭 몸뿐이 아니더라도 어떤 공정이나 과정을 표시하는 신호를 보면 묘하게 심리적으로 안정됐다. 그걸 보아서 몸이 차분해지는 것인지, 아니면 몸이 노곤할 때 그런 것들이 유독 눈에 잘 들어오는 건지는 알 수 없었다.

한동안 부지런히 움직이는 녹색 선들을 지켜봤다. 이따금씩 뭔가가 잔뜩 끼어 걸쭉해진 기침 소리나, 실내 분위기가 어색해 아이들이 투정부리는 소리도 들렸다. 그 외에 별다른 일은 없었다.

사무실처럼 어떤 절차나 격식이 존재하는 업무 공간에

는 특유의 경직된 분위기가 있는데, 응급실도 그랬다. 아무리 잘 돌보고, 충분한 여건을 마련한다 해도 불편한 것이 사실이었다. 그러나 그날은 그런 느낌이 잘 들지 않았다. 아마도, 몸이 많이 피로하고 지쳐 있어 그런 모양이었다. 그런 건 신경 쓸 겨를이 없다는 듯, 몸이 몸 이외의 것은 눈치 보고 싶지 않다는 듯 모든 치레를 거부하려는 것 같았다.

몇 가지 검사가 더 이루어졌다. 의사는 내게 몸이 어떠냐고 물었다. 나는 숨을 곧잘 쉬고, 별 이상이 없는 것 같다고 대답했다. 그는 내게 이 지경까지 이른 것은 처방받은 양을 과용한 탓이라고, 검사를 몇 가지 더 해야 하니 일단 숨을 충분히 고르라고 알려주었다.

허나, 의사의 말이 귀에 잘 들어오지 않았다. 들었다고 해도, 그 말이 크게 신경 쓰이지 않았다. 그보다 마음에 걸리는 것이 따로 있었다. 값. 청구된 비용이었다. 나는 의사가 했던 모든 말을 건너뛰고, 지금까지 청구된 비용을 확인할 수 있냐고 물었다. 목숨과 돈 사이에서 흥정을 하려던 참이었다.

청구된 비용은 이미 내가 감당하기엔 꽤 버거울 만큼 쌓여 있었다. 몇 가지의 생활을 버려야 할 정도였다. 목숨을 구한 삯이라 치면 또 헐값이겠지만, 그가 말한 몇 가지 검사까지 더 받고 나면 생활에 지장이 있을 터였다.

나는 의사에게 이제 괜찮다고 말했다. 정말 내 몸이 썩 괜찮아진 것 같았다. 물론 나 혼자만의 생각이었다. 그는 내게 가지 말라고 당부했다. 정말 큰일이 날 수 있다고, 검사를 몇 가지 더 받아보고 경과를 지켜봐야 한다고 했다. 심지어 이상한 기계 장치들을 심장 부근에 매달고 며칠을 더 견뎌야 한다는 말도 덧붙였다.

며칠이라는 말이 내 마음을 거세게 흔들었다. 그 며칠을 감내함으로써, 내가 버려야 할 목록들이 머리에 수두룩 떠올랐다. 그것은 시간과 생활에 관한 문제 이전에, 비용에 관한 문제였다.

계속해서 가겠다고 하자 그는 꼭 그래야겠냐는 표정을 지어 보였다. 그래도 나는 막무가내였다. 의사는 도저히 안 된다고 고개를 젓다가 이 상황에서 꼭 가야겠다고 사정하는 걸 보면 또 자기 목숨만큼 중한 일이겠거니 했는지, 하는 수 없이 허락해주었다. 그러고는 내게 서류 하나를 내밀었다.

각서였다. 의사의 지시 사항에 따르지 않고 본인 의사에 따라 퇴원할 시, 발생하는 위급한 상황에 대해서 병원이나 의사가 책임지지 않겠다는 내용이었다.

순간, 필사적으로 참았던 감정들이 마음속에서 솟구치기 시작했다. 쓸쓸하면서 동시에 사나운 기분. 너무 난데없고 서러워 아찔하기까지 한 감정이었다. 왜 그런 기분이 드는지 나조차 이해할 수 없었다. 그들이 나를 일방적으로 내쫓는 것도, 거부당한 것도 아닌데 그랬다.

* * *

한밤이라 추위가 매서웠다. 한기가 쏟아지듯 몸을 훑고 지나갈 때마다 입에서 간간이 신음이 흘러나왔다. 기다리는 사람도, 중요한 약속도 없었다. 추운 겨울날. 얇은 티 한 장만 걸친 채 무작정 걷는데, 모든 것이 미웠다. 너무 미워서 이대로 사라지거나 어딘가로 멀리 도망쳐 없어지고 싶은 기분이 끔찍하게 차올랐다.

가뜩이나 안 써지는 글을 좀 써보겠다고 빠득거린 일이나, 짐짝 버리듯 나를 병원 앞에 던져놓고 떠난 택시 기사, 말도 제대로 하지 못한 내게 질문에 답하라고 몰아세운 병원 직원까지.

비어져 나오는 듯이 끅끅 끊어지는 울음 때문에 목구멍이 아파왔다. 이제껏 이런 종류의 슬픔과 대면해본 적이 없었다. 걷는 내내, 몸에 파고드는 추위와 복잡한 감정들로 심하게 떨었다. 눈도 손도 오들오들 떨렸다. 소리도, 빛도 얼어버릴 것 같은 추위가 계속됐다.

몹시 추운 날, 깊은 새벽이거나 조금 이른 아침쯤에. 계절에 맞지 않는 복장으로 어디를 다급하게 뛰어다니는 모습을 본다면, 또 닿는 곳이 약국이나 병원이라고 한다면. 나는 그 사람을 사랑할 수 있을 것만 같다. 필시, 그 사람은 이제껏 경험해보지 못한 종류의 외로움과 마주하고 있을 테니까.

나는 아직까지 그날 내가 겪었던 외로움을 설명할 도리가 없다. 적당한 말을 고르지 못할 때, 나는 그 외로움을 종종 이렇게 상상한다.

몸에 힘이 없다. 진이 빠져 있다. 의식이 흐려 모든 게 불분명하다. 눈을 감고 뜰 때마다 근방의 모든 빛도 같이 눈을 감았다 뜨는 듯하다. 빈혈기에 아찔하다. 그리고 천천히 힘없이 쓰러진다. 나는 누군가를 잡고 싶고 기대고 싶다. 그러나 주변에 있던 모든 이가 제 어깨를 뒤로 물리며 나를 내려다볼 뿐, 말이 없다. 뒤로 몸이 젖혀지며 그들의 민얼굴과 무표정을 읽는다. 하나도 빠짐없이.

그때. 그 장면. 그 기분. 아마, 그 외로움.

다정했다가
무심했다가

카스카라 차를 좋아한다고 처음 고백한 카페였다. 차에서 시큼한 과일 향이 난다는 설명을 들었지만, 나에겐 담뱃잎 향이나 고목의 결처럼 메케하고 텁텁한 느낌이었다. 모든 맛을 쓰다고 요약하길 잘하는 편이었는데, 그 차도 마찬가지였다. 카페 주인은 그런 투정을 다독이려 피칸 파이 한 조각을 주저 없이 내주었다. 맑고, 고운 사람이었다.

그는 가게에서 해야 할 이런저런 일을 다 제 손으로 하길 좋아했다. 음식을 할 때, 너무 번거로워 한 번쯤 조리된 음식으로 대체해도 될 법한 과정에서도 그는 꼭 직접 치대고 끓이고 졸였다. 음식 말고도 그의 손을 거쳐 간 것은 많았다.

대표적으로 메뉴판이 그랬다. 무릎 높이쯤 오는 의자에 올라가 색색의 분필로 메뉴의 이름과 그에 맞는 그림을 그렸다. 메뉴판이 거의 천장에 매달려 있어 손으로 적고 그리는 일이 여간 어려운 게 아니었는데도, 오히려 어려워서 좋다는 듯 싱그러운 표정으로 꼬박 쓰고 그렸다.

가끔가다가, 손님들이 "무슨 글씨를 저렇게 못 써놨냐. 글자는 그리는 게 아니라 적는 것이다."라고 조롱 섞인 말로 핀잔을 주기도 했다. 그럴 때마다 그는 생글거리며, "그래서 그 메뉴가 잘 안 팔리는가 봅니다."라고 대꾸했다.

그는 누군가를 무안하게 하지 않으면서, 대화를 잘 인도하고 맺는 법을 알았다. 단순한 처세술이 아니었다. 상대에 대한 배려랄까. 대우를 바라지 않고도, 나서서 존중을 권했다. 그건 처지나 계급과 관련된 격식이 아니라, 인정이 많아 자연스럽게 배어 나오는 태도였다.

* * *

환절기 즈음이라, 두 계절이 시비를 가리듯 어설프게 공존했다. 눅눅한 공기는 피부에 닿으며 늘어졌다. 나는 그날, 카스카라 차를 마셨고, 주인은 커피콩을 흩뜨려 놓으며 솎는 일을 지속적으로 되풀었다. 콩이 바닥을 뒹굴며 재잘대는 소리가 들렸다.

건너편 테이블에선 한 남자가 표정을 지운 채로 책을 읽고 있었다. 연인으로 보이는 여자는 그 앞에서 누그러진 얼굴로 멀거니 그를 쳐다봤다. 흰 사각 테이블 앞에서 남자와 여자는 서로를 정면에 두고 말을 나누지 않았다. 고요는 오래 그곳을 뜨지 않았고, 누가 그것을 물리는 일도 없었다. 여자의 얼굴엔 낙차가 깊어 보였다. 남자는 한참을 말이 없었다. 여자가 무릎에 주름을 접으며 일어설 때도 여전히 남자는 표정을 잃어버린 상태였다.

　여자는 벽면에 세워진 책장으로 가, 손가락을 책등에 걸고는 책을 살짝 끌어당기며 표지를 살폈다. 책을 읽으려는 것 같진 않았다. 오히려 손가락으로 책을 꿰다가도 이내 엄지로 밀며 다시 제자리에 꽂는 모습은 남자에게 건네는 에두른 투정처럼 보였다. 소설이나 만화책은 물론이고 각종 교재들이 여자의 손가락에 부드럽게 걸렸다 풀어졌다.

　그러다 여자의 손에 300피스짜리 퍼즐이 집혔다. 명화 시리즈로 제작된 것이었다. 굳게 닫힌 남자의 입의 행적을 더 이상 좇을 필요가 없다고 생각한 모양이었다. 그 모습은 불신에 가까웠다.

　여자는 어떤 행동을 취할 때마다 남자를 의식했다. 그걸 배려라고 말하기엔, 무언갈 견디는 사람처럼 위태로워 보였다. 퍼즐을 한 주먹씩 차곡차곡 꺼내어 쌓아두는 일도, 찻잔을 집어 들 때 소리가 나지 않도록 조심스럽게 감싸 쥐는 일도 그랬다. 여자의 행동은 전적으로 남자에게 속해 있었다. 마치 시간을 남자에게 할애 받아 쓰는 듯했다. 여전히 남자는 말이 없었고, 여자는 쓰이지 않은 말을 지웠다. 그 둘은 말보다 숨을 더 자주 나눴다. 서로의 숨이 입 밖으로 듬성듬성 새어 나왔다.

여자는 퍼즐 곽 뒷면에 그려진 완성도를 책처럼 쥔 채
로 모서리부터 하나씩 구도를 잡아나갔다. 퍼즐 그림은 빈센
트 반 고흐의 '별이 빛나는 밤'. 허나 별은 별처럼 보이지 않
았다. 언뜻 보면 둥글게 뭉개진 달과 더욱 닮아 보였다. 끼워
맞춰지는 홈이 없었더라면 모든 별이 같아 보일 정도였다. 그
것은 퍼즐이 무척 난해하다는 뜻이기도 했다.

한 퍼즐을 두고서 열댓 개의 퍼즐이 연거푸 들락거렸다.
가장자리를 맞추는 것이 더 수월한 탓에, 여자는 하나의 액자
틀을 만들 듯 우선 바깥부터 정돈했다. 여자가 퍼즐을 맞추어
가는 방식은 피우거나 확산되어가는 것이 아니라, 접히거나
오므라지는 형상에 가까웠다. 퍼즐은 어떠한 중심을 헤아리
며 점차 채워져 갔다.

그러는 사이, 남자의 손은 단 한 번도 여자의 손을 마중
하지 않았다. 전체적인 윤곽이 다듬어지자 퍼즐판의 빈 공간
과 채워 넣을 퍼즐의 수가 얼추 셈이 된 듯했다. 허나 수가 맞
지 않은지, 여자는 머리를 테이블 밑으로 숙여 두리번거렸다.
혹여, 자신의 부주의로 퍼즐을 흘렸나 싶어서였다.

남자가 여자를 눈에 담게 된 것은 그쯤이었다. 바닥을
살피느라 여자의 등이 테이블에 닿으며 덜컥거렸기 때문이
었다. 그때 남자의 입에서 가까스로 떨어진 첫말은, 겨우 "뭐

해."였다.

　뭐해.

　별생각 없이, 아무렇지 않은 낯빛으로 건넨 그 말에, 한동안 여자의 눈이 길을 잃었다. 뭐하냐는 말. 누군가의 행동에 대해 묻는 그 말이, 이렇게까지 서러웠던 적이 있었을까. 어떤 관심을 동반한 말일 수도 있지만, 너무나 많은 무관심을 이고 온 말일 수도 있다는 걸, 그 순간 그녀는 알았을까.

　여자의 등 뒤로 빛이 부서진 것처럼 쏟아졌다. 얼굴에는 그늘이 축축하게 드리워졌다. 얼핏 보면 얼굴 안쪽이 비어 있는 것도 같았다. 남자가 이토록 쉽게 뱉어낸 말을, 여자는 이국의 말처럼 어려워했다. 그 말이 하도 어려워, 급기야 눈물까지 고였다. 여자는 얼굴을 구겼고, 무릎도 구기며 자리에서 일어섰다.

　그제야 남자는 이 모든 정황을 알아차린 듯했다. 상황을 어떻게든 모면하기 위해 애쓰기 시작했다. 허나 이 순간을 벗어나기엔 그가 그녀를 함부로 대한 시간이 너무 길었을 것이고, 한걸음에 닿을 수 없을 정도로 먼발치에 두고 온 마음이 있었을 것이었다.

　여자가 그토록 어려워한 그 시간, 그 마음, 그 말. 어쩌면, 여자가 줄곧 어려워했던 건 그가 아니라 그녀 자신일지도

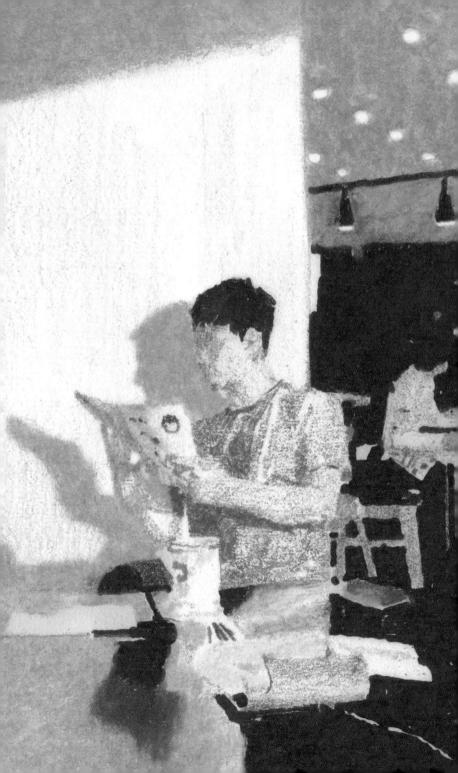

몰랐다. 그 시간, 그 마음을 줄곧 돌본 데에 스스로 화가 났는지도 몰랐다. 여자의 눈에 붉은 기운이 차올랐다.

* * *

카페 계산대 쪽으로 시선을 돌리니 주인이 빛에 의지해서 커피콩을 한 움큼 쥐어다 펼쳐놓고 커피콩을 솎아내고 있었다. 그는 몇 알을 솎아내는 데 아주 오랫동안 공을 들였다. 어떤 부품의 마모 상태를 감별하는 장인처럼 세심하게 무언갈 가르고 구분했다. 그 미묘한 차이는 그에게만 언뜻 드러나는 듯했다. 아무리 봐도 똑같기만 한 걸, 계속해서 들여다보고 있으면 티가 나고 표가 나는지 이리저리 돌려 빛에 비춰보길 반복했다.

그렇게 솎아낸 콩 중 쓰지 못하는 건 손님들이 가져가 방향제로 쓰도록 입구에 따로 비치해두었다. 그것들을 담을 수 있는 작은 비닐 팩과 앙증맞게 생긴 작은 주걱도 빼놓지 않고서.

사그락 사그락. 커피콩이 구르며 내는 소리가 자글거렸다. 주인이 실수로 몇 알을 흘린 모양이었다. 그렇게 몇 알이 의자 다리를 처박고, 싱겁게 튕기다 멈췄다.

여자가 줍다 만 퍼즐 근처였다.

말 없이
사라진다고 해도

　토너 공장이라고 했다. 종잇장에 인쇄할 때, 인쇄기 내부 열에 의해 녹아내리며 흔적을 남기는 염료 가루. 내가 좀처럼 이해가 안 된다는 표정을 짓자, 일을 알선해줬던 팀장은 그렇게 말했다. 바로 그 토너를 생산하는 공장이었다. 일의 강도는 그리 고되지 않을 것이라고 했지만, 뜸을 들이듯 길게 늘여 말했다. 그는 내게 몇 가지 주의 아닌 주의 사항들을 일러주었다.

　"고된 일을 하는 사람들이 흔히 그렇잖아. 잠깐 일하겠다고 오는 애들을 싫어해. 그래서 심하게 부려먹어. 특히 뭐 좀 배우러 다닌다는 애들은 더 싫어해. 무슨 말인지 알겠지?"

　그가 내게 말한 것은 이랬다. 공장 쪽 과장님에겐 몇 달만 일하겠다고 미리 사정해두었으니, 넌 그냥 아무 소리 않고 일만 해라. 나중에 몰래 나오면 괜찮으니까 조금만 버티다 나와라. 사람들에게 이야기할 땐, "자퇴를 하고 악착같이 돈 좀 벌어보려고 한다.", "나도 당신들 못지않게 거칠게 살아온 사람이다."라고 말할 것을 일러주었다. 무엇보다 그들이 싫어하는 부류의 사람이 결코 아니란 인상을 주어야 한다고 했다.

　순간, 내가 '그런 사람들'이란 말을 놀랍도록 이해하고 있다는 것이 끔찍했다. 언제부터 나는 '그런 사람들'이라는, 고작 두 단어를 가지고 한 삶을 묶어 매듭짓고 다녔던 걸까. 소화시키기 좋을 만큼 이토록 압축해놓은 말이란, 또 얼마나 부실한 걸까. 나 역시 누군가에게 그런 판단의 대상이라 생각하면 마음이 불편했다.

그럼에도, 사람을 하나의 범주로 분류하고 판단하는 일은 무례한 일이란 걸 알면서도 곧잘 하게 되는 생각 중 하나였다. 일종의 편의든 오만이든. 언제나 나를 판단하는 일은 부인하려 애쓰는 데 반해 타인에겐 그런 것이 잘 안 됐다. 나에겐 나도 잘 모르는 타인이 있지만, 타인에겐 내가 잘 아는 내가 있는 것처럼 그랬다.

* * *

다음 날, 공장으로 출근했다. 산업 단지에서도 제일 끝. 가장 부실하고 허름한 외관이었다. 페인트가 거의 벗겨져 나가 오돌토돌한 벽면이 다 드러날 정도였는데, 거기서 색을 입히는 무언가를 만든다는 게 좀 기이했다. 건물 안쪽으로 깊숙이 들어갈수록 그 모순은 점점 더 심해졌다. 내부는 온통 잿빛에 가까웠다. 시큼하고, 독한 냄새도 자주 났다. 과장은 팔로 내 어깨를 감싸듯 걸친 채, 직원들에게 나를 소개했다.

"오늘부터 일하게 될 새 식구입니다. 잘 부탁드려요."

기계가 회전하며 내는 온갖 잡음들 때문에 말소리가 잘 들리지 않았다. 게다가 다들 방진 마스크를 쓰고 있어 내뱉는 소리도 웅얼거리듯 일그러졌다. 과장은 어깨를 감싼 손에 힘을 가득 주었다. 인사를 하라는 뜻이었다. 나는 머리를 숙여 인사했다.

그러나 그들은 날 선 눈빛으로 흘겨볼 뿐, 몇몇은 알은체도 하지 않고 지나쳤다. 이런 애들, 얼마 못 가 도망갈 게 뻔하다는 일종의 불신이 있는 모양이었다. 과장은 별다른 말 없이 나를 두고 돌아갔다.

나는 한동안 전지가 빠진 로봇처럼 멍청하게 그들의 행동을 바라보아야 했다. 말을 걸어오기는커녕, 아무런 지시도 없었다. 그들과 나는 단단히 층이 져 도무지 섞일 수 없을 것 같다는 생각과 더불어, 그들이 그런 어긋남을 꽤 즐기는 사람들 같아 불편해졌다. 더구나 그들이 내게 처음 보인 행동은, 밥시간이 다 되어서야 빗자루 하나를 쥐어주고 간 일이었다.

우리는 하나같이 빨갛다가, 파랗게, 노랗게도 바뀌었다. 이 말은 비유가 아니라, 실제로 그런 색이 된 옷을 입고 다녔단 뜻이다. 나는 그 이유를 그들과 몸을 부대끼는 일에 익숙해질 때쯤 알게 되었다. 이렇게 규모가 작은 공장에선 여러 염료를 생산할 설비가 부족했던 것. 필요한 색에 따라 기계를 세척한 후, 새로 생산해야 했다.

어느 날은 붉은 토너를 만들다가, 기계들을 분해하여 세척하고 파란 토너를 만드는 식이었다. 우리는 같은 방식으로 노란색 토너도 만들었다. 그리고 이렇게 대규모로 기계를 분해하고 조립할 때마다 꼼짝없이 갖가지 색을 몸에 들이부을 수밖에 없던 것이다. 언젠가, 내가 물었다.

"설비가 부족해서 매번 분해하고 씻고 조립하는 게 귀찮지 않아요? 그냥 색깔별로 기계 한두 대씩 넉넉히 있으면 좋을 텐데… 그죠?"

정말 그랬다. 꼭 이렇게까지 해야 하나 싶었다. 세척할 때 들이붓는 약품 냄새가 너무 독해서 하루 종일 얼얼한 두통을 앓아야 했다.

"야, 기계 설비가 좋아지고 관리도 쉬워지면 어떻게 되겠냐. 아마 여기 직원 중 몇몇은 일거리가 없어질 걸. 너도 그렇고."

좋아지고 나아지리라는 말이, 이렇게까지 불편하고 난폭하게 들렸던 것은 처음이었다. 그 말엔 누군가가 흔적도 없이 사라질 거라는 두려움, 일방적인 난폭함이 담겨 있는 듯했다. 이쪽과 저쪽을 구분하고 가르는 것처럼 사람의 말도 그런 모양이었다. 나비의 날갯짓 한 번이 지구 반대편에 태풍을 일으키듯, 말도 반대편에서 이리 휘어지고 왜곡될 수 있다고.

말의 의미와 파장이 늘 같은 것은 아니라고.

그들이 다른 사람과 섞이길 죽도록 싫어하고, 입안에 안개가 서려 있을 것만 같이 말수가 적어진 이유가 어쩌면 밥 때문일지 모른다고 생각한 적이 있었다. 식당에서 먹는 음식들은 항상 간이 셌다. 식판에 수북이 밥을 쌓아두고 먹는 일은 전부 그 이유에서였다.

나는 물었다. 언제나 궁금하고, 왜 그래야 하는지 의문이 생기면 참지 못하고 매번 물었다. 무언갈 묻는다는 건, 언제나 그것에 대해서 무지하다는 걸 말했다. 그 당시, 나는 모르는 것투성이였다. 그건 내가 그들의 생활을 모른다는 뜻이었다. 그래서 나는 묻는 일만으로도 대단한 실례를 범하는 기분이 들었다.

식당 아주머니가 내게 말했다.

"간이 세야 오래 먹지. 안 그럼 얼마 못 가 쉬어. 오래 먹으려면 간이 세야 해."

혀에 어떤 맛이 묻는지, 혹은 짠 음식이 혀를 물어뜯고 지나가기라도 하듯 맛이 얼마나 폭력적인지, 그건 별로 중요하지 않았다. 얼마나 오래, 배를 지속적으로 채울 수 있는가. 그것이 거의 한 삶의 방식에 가까워 보여, 내 마음의 올이 대책 없이 풀어졌다. 다음 날, 나는 식당에 작은 박하사탕 한 통을 사다 놓았다.

* * *

아마, 그날도 짠 음식들을 무더기로 먹고 나왔던 때였을 것이다. 빨간 토너가 가득 칠해진 기계의 내부를 이제 막 분해한 뒤라 몸이 시뻘게져서 씩씩거리던 날. 무더운 여름이었을 것이다. 모든 게 나아질 기미라곤 찾아볼 수 없는, 누군가 모든 게 어긋나고 잘못되라고 간절히 바라는 것만 같은 날. 기계를 열심히 분해하던 사람 옆에서 보조하던 다른 사람이 무어라 무어라 트집을 잡아댔다. 평소 같으면 웃고 넘어가거나 내가 그 옆에서 더 골리려 잔뜩 장난기를 품고 달려들었을 텐데, 그날은 좀 달랐다.

한 사람이 말을 받아넘기지 못하고 그대로 들이받고는, 꽉 움켜쥐었다. 말이 잘못되었다는 건 발화된 순간이 아니라 그 말이 어떤 반응을 이끌어올 때 알게 된다. 문제점은 항상 출발지가 아니라 종착지에서 발견된다. 그리고 그때는 너무 늦은 것이다. 그가 "뭐?"라고 말하면서 모든 게 시작됐다.

둘은 거칠게 욕지거리를 주고받았다. 몇 번씩 주먹이 오가기도 했지만, 나는 말릴 재간이 안 됐다. 내가 할 수 있는 거라고는 사람들을 불러 모으는 게 최선이었다. 서로가 서로를 나무라는 말이 오갔다.

"아니, 왜 맨날하는 걸 그렇게 틀리냔 말이야."

"평소대로 하던 건데 도대체 뭐가 틀렸다는 거여."

한참을 얽히고설키다 가까스로 떨어진 시뻘건 두 몸뚱이에는, 그보다 더 붉은 잔흔들이 맺혔다. 시뻘게진 몸은 그들의 말보다 더 붉고 짙게 악을 쓰는 듯 보였다. 서로의 말이 거세게 부딪치고, 깎여서 날카로워지고 그렇게 서로의 마음을 긁고 박히길 오래, 트집 잡히던 한 사람이 마스크를 바닥에 집어던지고 나가면서 상황은 끝이 났다. 그는 "더럽다."고 외치며 거칠게 침을 뱉고 나갔다.

"내가 저 사람하고 일을 한 지가 십 년이 다 되었는데, 자존심이 엄청 세서 분명 안 돌아올 거여. 그러게들 잘 좀 지내지 왜 그래 갑자기. 뭐 잘못 먹은 것도 아니고."

조장은 나간 사람이 다시는 돌아오지 않을 거라고 단정지어 말했다. 만약, 그 사람이 돌아온다면 다투던 그 사람을 때려죽일 심산일 거라고. 이쯤 하고 더 이상 이번 일에 관여하지 말자고 했다.

다음 날, 나는 일찍부터 빗자루를 집어다 구석구석을 거듭 쓸며, 어떤 분위기에 익숙해지려 노력하고 있었다. 그때, 누군가가 내 이름을 불렀다. 다시는 오지 않을 사람이었던 그가, 떡하니 모습을 드러낸 것이다. 올 것 같던 사람이 오지 않은 경우는 많았지만, 오지 않을 것 같던 사람이 오는 경우는 처음이었다.

거짓말처럼 그는 돌아왔다. 그리고 내게 말을 붙였다. 대개 시답잖은 이야기였다. 오늘 일과에 대해 물었고, 오늘 생산할 색이 뭔지 물었다. 분명, 모를 리 없었는데도 거듭 물었다. 딱히 무언가를 확인할 의도는 없어 보였다. 그는 심하게 부끄러움을 타는 듯했고, 여러 직원들이 도착하고 난 후에도 이야기는 그의 입에서 물러날 줄을 몰랐다.

나는 그가, 낭비하듯 쏟아놓은 말들을 다시는 들을 수 없는 이야기처럼 최대한 주의를 기울여 들었다. 그래야 할 것 같았다. 그가 지금 가진 감정이 무엇인지 잘 몰랐지만, 어떤 도움을 필요로 하고 있다는 사실만큼은 명확하게 느껴졌다. 말을 하지 않아도 사람을 위로하는 법을 그때 알게 된 것 같다. 그날, 나는 하루 종일 그와 함께했다.

기한이 많지 않았다. 나는 딱 세 달만 일하기로 예정되어 있었다. 마지막 근무 날 팀장은 볼 일이 있어 나를 좀 데려가도 괜찮겠냐고 사람들에게 양해를 구했다. 그들이 거절할 이유가 없었다. 그날도 그들은 기계 설비를 뜯고 안쪽 면에 묻은 토너를 세척했을 것이다. 개 밥그릇 같은 접시에 풀어놓은 투명한 약품들로 이곳저곳을 긁어 문지르면서. 문지를 때마다 날카롭고 독한 냄새가 잔뜩 덤벼들어도, 미간을 몇 번 좁혔다 푸는 것밖엔 별 수가 없었을 것이다. 나는 그때, 몰래 짐을 싸고 있었다. 옷가지 몇 벌과 물품들을 챙기며, 그들의 눈앞에서 영영 사라질 준비를 하고 있었다.

일과가 끝날 무렵 하나둘씩, 그러다 점점 무더기로 연락이 쏟아졌다. 내 짐이 보이질 않는다고 했다. 어디를 갔느냐고 물었다. 쌓이고 쌓이는 문자와 연락들 때문에, 그 무게 때문에 걸음이 잠시 무거워졌지만 괜찮았다. 가끔 현실에서 필사적으로 도망을 쳐야 할 때가 있고, 그때가 그랬을 뿐이었다. '그럴 줄 알았다, 그럴 것 같았다'는 문자를 보아도 마음이 괜찮았던 건 그 때문이었다. 내가 할 수 있는 게 아무것도 없으므로, 아무 마음도 두고 오고 싶지 않았다.

* * *

다만 나는 그들이 내게 건넸던 말과 손, 얼굴을 생각한다. '그런 사람들'의 일방적인 모습이 아니라 내가 보고 겪었던 그들에 관해서. 그들과 보냈던 일상에 대해서.

우리는 매일 화학 약품을 섞고, 그것들을 끊임없이 기계에 묻혀가며 닦아냈다. 색을 만드는 공간에서 하는 일이라곤 온종일 색을 벗기고 씻어내는 일 뿐이었다. 색을 입히고 칠하는 건 우리가 할 일이 아니었다. 그렇게 연신 기계의 내

벽을 지워놓으면, 긁어낸 색이 도로 몸에 들러붙었다. 얼굴에도, 손에도, 몸 곳곳에 병들어 생긴 반점처럼 무늬를 그렸다. 어떤 것은 형체를 알 수 없는 얼룩 같기도 했고, 또 어떤 것은 이국적인 문양 같기도 했다.

우리는 그것에 이름을 붙여주면서 밤마다 얼굴을, 몸을 깨끗이 씻어냈다. 입자가 하도 얇아, 웬만큼 문질러선 잘 지워지도 않았다. 얼굴이 가려운 사람처럼 손톱으로 긁고, 그게 안 되면 오돌토돌한 때수건으로 얼굴을 박박 문댔다. 그렇게 색이 다 벗겨지고 나면 얼굴이 붉게 달아올랐다. 술에 얼큰하게 취한 사람들 같았다. 때문에 우리는 좁게 난 방의 창문을 열어놓고 누워 바람에 얼굴을 충분히 식히고 나서야 잠자리에 들었다. 열기가 잔뜩 오른 살을 충분히 쓰다듬어주고, 미지근하게 가라앉혀주는 바람은 개운했다. 그건 물을 끼얹어 씻는 일보다 더 씻는 일처럼 느껴졌다. 장마나 풀벌레같이 시기마다, 계절마다 내는 소리들도 듣기 좋았다.

살면서, 가끔씩 긴 시차를 두더라도 삭제되지 않는 장면들이 있는데, 이 풍경이 내게 그랬다. 이런 모습은 일찍이 경험해본 적이 없었다.

2장

알다가도 모를

수수께끼 같은

말

_____ 이 꽃
참 예쁘지 않니?

어머니는 워낙 손재주가 좋았다. 어머니가 자신의 어머니에게서 물려받은 손재주. 그 재주는 분명 어떤 피를 잇고 있겠지만, 그 피가 너무 한쪽으로 쏠려버린 탓에 나에게까지는 도착하지 않은 재주 말이다. 어머니는 내가 얼른 자라도록 무언갈 해 먹인 만큼, 무섭게 자라나는 몸뚱이에 입힐 옷가지도 덩달아 손수 지어 입혔다.

아마, 내 태생은 어머니의 손이라고 해도 틀린 말은 아닐 것이다. 그 핏줄이 도대체 무엇이었기에 어머니는 제 삶을 짊어지고서 다른 삶 하나까지 감당하셨던 걸까. 여하튼 어머니는 뭐가 됐든 자꾸만 뭘 만드는 사람, 항상 움직이는 사람이었다. 나는 단 한 번도, 그런 어머니의 손재주에 의심을 가졌던 적이 없었다.

어머니는 내가 태어나기 이전부터, 오랫동안 의상실을 운영해왔다. 하얀 초크나 곡자는 물론, 자른다는 말보단 '썬다'는 표현이 더 어울리는 중식도 같은 무쇠 가위와 함께 미싱을 쉴 새 없이 굴리며 살아왔다. 일감은 어머니가 아는 사람만큼 들어왔으나, 미싱은 그보다 더 오래 돌아갔다. 어머니가 쓰고 남은 자투리 천 조각으로 전부 내 옷을 만들어 입혔기 때문이다.

촌스러운 꽃무늬, 대충 그려 놓은 듯한 회화 무늬같이, 입어도 될까 싶은 천이란 천은 다 가져다가 박음질하고 꿰매고 덧대면, '정말' 입어도 될까 싶은 옷이 만들어졌다. 내가 싫다는 기색을 좀 부리려 하면, 어머니는 항상 "야, 옷이 몸들 구멍 있고 입을 수만 있으면 그게 다 옷이지. 뭐 별거냐." 했다.

그것은 어머니의 취향이 유행이 되질 못해서 부린 투정도, '자식새끼 옷 한 벌은 그래도 손수 만들어 입혀야 하지 않겠느냐.'는 자부도 아니었다. 그냥 무언갈 만들어내는 성질대로, 고집이 힘에 부치는 대로 손에 쥐고 있었을 뿐이었다.

가게는 호황이 없었듯, 불황도 없었다. 가게가 유지될 수 있었던 건 어머니의 솜씨가 아니라 어머니의 입담, 순박한 웃음, "사람 참 좋아."라고 할 때의 그 '좋은' 기운들 덕이었다. 그건 어머니가 사실 모든 걸 알면서도, 아무것도 모르는 척 내숭으로 살아온 탓이거나 모르는 건 또 모르는 대로 살아온 푸짐한 넉살 같은 걸지도 몰랐다.

어머니는 가게에서조차 들러리로 살았다. 많은 이야기를 들으며 맞장구쳐줬지만, 정작 자기 입을 열어본 적이 없는. 그래서 어머니가 잘하는 것은 주의 깊게 듣는 것이었지만, 정작 대답은 "그런가 보다." 하는 식으로 늘 시원찮았다. 그러면 손님들은 어머니를 더 보챘다. "이거 봐 몰랐지, 이런 거 알아놔야 해."

알건 모르건, 중요하건 말건 간에 어머니는 그들에게 나름의 대우를 해주려고 노력했다. 그리고 손님들이 다 가고 나서야 내게 속내를 털어놨다. "아휴, 뭔 말을 저렇게 많이 한대니. 시끄러워 죽겠네." "대단하지도 않은 것 같은데 같은 얘길 또 하고 또 하고 그러네."

그렇게 어머니는 연신 무언갈 들어 버릇하며 내 옷을 짓고 먹이고를 다 하셨던 것이다. 때문에 소음에 징그럽게 파묻혀가며, 누군가의 보잘것없는 말을 들으면서 천 쪼가리를 달래듯 일정한 속도로 천천히 미싱질을 하는 모습에선 문득 내가, 나의 태생이 보였다. 어머니가 그러하게끔 부추기는 고약한 피, 손재주의 태생까지도.

어머니는 손으로 모든 일을 가져다 했다. 그게 손이어서 할 수 있는 일이건 아니건 간에. 어머니는 내가 아프단 소릴 하면 입에 뭘 넣어 먹이길 잘했고, 내 잘못을 입이 아닌 손으로 맵게 쳐가며 나무랐다. 어머니의 손은 어머니의 몸 여기저기를 돌아다니며 대부분의 일을 도맡아 했다. 어머니는 자신의 손에게 빚을 진 것과 다름없었다.

그래서 나는 그런 어머니의 손에 대해, 손재주에 한 번도 의심을 했던 적은 없었지만, 그렇다고 그 손재주가 마냥 대단하게 느껴진 것은 아니었다. 그 손재주가 내가 태어나기 이전부터 오랫동안 어머니의 손에서 자라왔기 때문일 수도 있겠으나, 그만큼 손으로 무언갈 해 버릇한 적이 없어서 더 그런지도 몰랐다.

내가, 내 손을 막 부리기 시작하면서 차츰 어머니의 손을 이해해가기 시작했다. 그리고 '손재주'라는 말도. 어머니의 손이 부지런히 움직이며 어떤 수순을 따르기 시작할 때, 나는 가능하다면 '손재주'라는 그 말 안에 몇 자를 더 적어주고 싶은 기분이 들었다. 어머니는 손을 움직이면서, 손의 모든 골격을 이용했다. 손의 허리, 손의 목, 손가락의 그 모든 마디를. 이 전부가 '손'이라는 말에 이미 포함되어 있지만, 그 것만으론 충분하지 않아 보였다. 그냥 '손재주' 말고, 손 허리의 재주, 손목의 재주, 어느 손가락 첫마디와 중간 마디, 끝마디의 재주까지 각각 이름을 붙여주고 싶었다.

나는 '손재주'라는 단어를 입 밖으로 꺼낼 때마다 어머니의 수고가, 나의 태생이 말에 온전히 드러나길 바랐다. 그래야 어머니의 손이 덜 억울할 거라고 생각했다. 나는 겨우 말로나마 어머니의 손에 어떤 안부를 묻고, 위로를 전하면서 손 안에서 벌어진 모든 운동과 완력이 얼마나 대단한 것인지 알아갔다.

'어머니의 손' 말고도 종종 어떤 '말'을 풀면 다른 낱말과 부사, 곤경의 수사修辭가 무더기로 쏟아져 나왔다. 나는 그 말들을 주워다가 내 입속으로 데려가도 보고, 손에도 쥐어보고, 빈 종이 위에 묻혀도 보았다. 언제나 말의 그릇은 한 삶을 담기엔 턱없이 비좁았으나, 그건 말의 어쩔 수 없는 태생적 한계이기도 했다. 그래서 나는 어머니와 관련된 말이, 어머니 자신에게 빚지고 있는 것이라 생각했다. 어머니가 자신의 손에게 진 부채처럼, 말 또한 어머니에게 빚을 지고 있다고 이 복잡 요상한 채무 관계가, 언제 어디서부터 시작되었는지, 나는 잘 모른다.

* * *

의상실은 꽤 오래전부터 보수를 하지 않아 삭을 대로 삭아 있었다. 나무판자로 성글게 마감된 바닥은 걸을 때마다 '삐그덕 삐그덕' 녹슨 시소가 기우는 소리를 냈다. 그 소리와 함께 나뭇결의 홈마다 박혀 있던 먼지들도 마른 목분처럼 공기 중으로 떠올랐다. 물기에 오래 젖어 부패된 것 같은 냄새도 났다. 새것이라고는 하나도 찾아볼 수 없는 곳이었다. 새

것이 없어서 원래보다 더 헌것 같아 보이는 곳. 시간의 주름
이 접혀 있는 곳. 시간을 한 번도 아르거나 거슬러본 적이 없
어, 곧이곧대로 나이를 들어버린 푼수 같은 곳. 어머니는 동
네 아줌마들이 가게에 몰려와 새것 자랑을 하면, 맵시 있는
헌것이 없어 헌것 자랑도 못하고, 그저 "내 새끼가 최고지."
했다. 나는 그곳의 유일한 새것이었다.

  어머니는 의상실에서 거의 모든 일을 해결했다. 일 말고
도, 먹고 입고 씻고 하는 하나의 생활을. 그리고 그 생활은 모
두 간소하게 이루어졌다. 어머니는 남들 다 쓰는 화장실에서
문만 걸어 잠가둔 채, 씻고 감고 닦고를 다 했다. 옆집 마트
아주머니가 오줌도 누고 똥도 누는 화장실에서, 그 옆집 도배
장판 일을 하는 아저씨가 종종 숨어들어 담배를 피우는 화장
실에서 말이다.
  물론 나도 어머니를 따라 씻고 감고 닦고를 다 했지만,
그것은 아직 뭘 모르는 애가 신나서 한 일이었다. 밥 역시 그
랬다. 어머니의 밥상에선, 한 상 푸짐한 냄새가 아닌 조촐한
부식 냄새가 났다. 그런 냄새도 옷감이 따라 먹을까 봐 조심
스러웠다. 어머니는 옷에 좋은 냄새만을 주고 싶었다. 자식에
게 좋은 것만 입히고, 먹이고를 하고 싶은 것처럼, 어머니는
옷감에도 그런 일을 하고 싶어 했다.

향이 좋은 초를 피우고, 냄새를 가리지 않고 잘 잡아먹는 탈취제를 뿌리고, 어머니의 생활에서 냄새가 날 만한 일들은 죄다 밖에서 해결하고 들어왔다. 그래서 손님들이 가끔가다가 "여기는 왜 이렇게 좋은 냄새가 나냐."고 물으면 기분 좋아하며, 시치미를 떼고 "별다른 걸 뿌리지도 않는데 그런다."고 대답했다. 이 모든 냄새가 인위적으로 입힌 냄새가 아닌, 자신의 생활 내부에서 자연스럽게 밴 냄새라는 걸 말하고 싶었는지도 몰랐다.

형편이 좀 괜찮아지자, 손을 이리저리 열심히 부리며 번 돈으로 어머니는 집 살림 말고도 많은 걸 사들였다. 어머니는 종일 드라마를 보다, 간접적이면서 동시에 노골적이기도 한 광고 상품에 곧잘 혹했다. 어머니는 거리낄 것 없이, 사고 치우고 버려가며 공간에 개성이랄까, 줏대 없는 현혹이랄까 하는 정체 모를 무언갈 계속 입히고, 배치했다.

어머니가 집을 사람처럼 돌보듯 가끔가다 어머니를 '케어'해주겠다며 들르는 사람들도 있었다. 어머니는 그런 사람들이 좋은 얼굴과 인상으로 말을 걸어오면, 처음엔 "이런 거 됐어요." 손사래를 치다가도, "안 사도 좋다. 딱 한 번 말만 들어봐라."라고 슬슬 꼬드기면 못 이긴 척 넘어갔다.

판매자는 어머니의 얼굴 구석구석을 들여다보고, 그 몰

골에 적힌 증상들을 술술 읊었다. 그러면 어머니는 앞에서 얌전히 듣고만 있다가, 그걸 어떻게 알았느냔 눈치로 신기하다는 듯 판매자의 눈을 쳐다봤다. 판매자는 어머니의 손을 잡기도 하고, 얼굴을 쓰다듬기도 하면서 안 좋은 말만 골라 했다. 이러면 피부 다 상한다, 잘못된 습관이 얼굴에 주름을 깊게 한다. 나는 판매자가 어머니를 나무라는 소리에 같이 주눅 들어 있었다. 어머니가 고개를 끄덕이면, 덩달아 동의하듯 고개를 주억거리기도 했다.

판매자가 어머니에게 하는 쓴소리는 이상하게 신뢰가 갔다. 괜찮다거나 나아질 거란 근거 없는 낙관과 기대의 말은 상술인 듯했지만, 안 좋아진다는 염려의 말은 사려 깊은 걱정처럼 들려 그랬다. 판매자는 말을 하면서, 연신 화장품 샘플 크림을 어머니의 손등에 발라주었다. 손가락 두 개로 크림을 꺼내 손등에 얹은 다음, 중지로 살살 문질러주는 식이었다. 정말 별것도 아닌데, 왠지 전문적인 손길이 닿으니 하나의 대단한 기술처럼 느껴졌다. 질감이 좋고 보습 효과가 뛰어난, 흔한 말로 수분이 꽉 들어찬 크림이라 더 그럴싸했다.

어머니는 고객과 판매자 간에 오가는 이런저런 환담에도 끝내 사지는 않았다. 그냥 돌려보내기가 뭣해 한두 번 사주고 돌려보내긴 했어도, 부러 사는 사람은 아니었다. 집 사방팔방을 잔뜩 꾸며 놓고선 정작 자신을 대하는 일엔 왜 그리 엄격하고 소심한지 도대체 알 수 없었다. 아마, 그런 걸 허영이라 여겼는지도 몰랐다.

어머니는 체면을 모르는 사람, 수치를 모르는 사람은 아니었다. 다만, 체면이란 것의 실체를, 그 값을 좀 싱겁게 여겼던 건 아니었을까, 막연히 생각해볼 뿐이다. 언젠가 동생이 중한 일을 거르고 밖으로 나가 놀던 날, 어머니는 오른 어깻죽지에 동생을 둘러메고서 왼손으론 엉덩이와 등짝을 번갈아 갈겨댔다.

"내가 네놈 때문에 못 산다, 아주." 한숨이 반쯤 섞인 목소리로 웅얼거리면서.

근방에서 놀고 있던 아이들도, 무언갈 사러 가던 아낙들도 멈춰 서서 그 광경을 지켜보았다. 동생의 울림 좋은 목청 때문이었다. 동생은 아무런 저항조차 하지 못하고 어머니의 어깨에 들것처럼 매달린 몰골이 부끄러웠는지, 무언갈 파는 장수처럼 사람들을 불러 모으고 있었다.

나는 그때 어째선지 자꾸만 빨라지는 어머니의 걸음, 쉴 새 없이 발을 옮기는 어머니의 보폭을 간신히 쫓으며 어머니의 얼굴을 사선으로 힐끗 들여다보았다. 조금 무섭기도 했지만, 무척 당당한 얼굴이었다. 너무 개의치 않아 되레 화가 나는 표정, 단단한 어떤 물질 같은 표정. 나는 늘 그 표정이 의아했으나, 평생을 들고 다닌 너무 당연한 표정이었으므로 그건 어머니의 얼굴이 지은 표정이 아니라, 당당한 표정이 지은 어머니의 얼굴처럼 느껴졌다.

어머니는 제일 먼저 집으로 돌아와 현관 거울에 비친 모습을 확인했다. 그건 어머니 자신의 표정처럼 전혀 당당할 수 없는 외관이었다. 나는 "배고프다."고 조르고 싶었지만, 그럴 수 없었다. 어머니는 이부자리도 깔아놓지 않은 차가운 거실 바닥에 침몰하는 선박처럼 누웠다.

잠을 자려는 것 같진 않았다. 몹시 지친 사람처럼 죽은 듯이 쓰러져만 있었다. 눈을 꾹 감았다, 천천히 뜨길 반복하면서. 한 번 깜빡이고 시계를 보고, 그다음 또 깜빡이고 탁상 위의 액자를 봤다. 어머니는 아주 느릿느릿 눈을 뜨고 감으면서 집 안의 모든 정물을 들여다보았다. 정물들에 어떤 대답을 기다리는 사람처럼 보였다. 하소연이랄까, 야속함이랄까 아무튼 그런 무엇이 느껴졌다.

장판에선 서늘한 기운이 돌았고, 한동안 어머니는 말이 없었다. 어머닌 종종 단단한 침묵으로 시간을 견딜 때가 있었다. 그럴 때면 그 시간 안쪽으로 누구도 들이려 하지 않았다. 어머니는 그때 거울 속 자신의 표정에서 대체 무엇을 본 것일까. 아니, 표정 말고 그냥 여자의 무엇을 보았던 걸까.

아마, 어떤 계산을 봤을 거라고 생각한다. 체면의 값, 수치의 값을. 체면을 치르며 얻게 될 무언가에 대해서. 그리고 그게 과연 무엇일까 의심하며, 한편으론 허탈해하면서. 어머닌 삶에서조차 어떤 삯을 지불하고, 여권을 챙겨 다니는 이방인이나 여행자처럼 느껴졌다. '내 터는 사실 이곳에 있지 않아.'라고 믿는. 실은 그렇지 않았지만, 어머니의 삶은 그 믿음의 변방에서 떠도는 시간이 많았다.

* * *

나는 딱 한 번 어머니의 얼굴이, 새것같이 환하게 펴지는 걸 본 적이 있다. 처음으로, 어머니가 어떤 중심에 서 있고 근방의 모든 것이 과거의 먼 지점처럼 아마득해 보이던 날. 어머니 자신 말고는 모든 이가 이방인이었던, 어머니가 어머니여서 자랑스러울 수 있던 날. 그날은 어머니가 낯선 사내에게서 뜬금없이 장미 한 송이를 받은 날이었다.

어머니와 장을 보고 집으로 돌아오는 길이었다. 거의 밥때가 될 즈음이라 어머니의 걸음은 사정없이 바빴다. 어머니의 한 걸음을, 나는 세 걸음으로 간신히 쫓아가며 그 간격을 메웠다. 그러다 안 되겠던지 어머니는 서두르겠다며 담에 다리를 걸쳤다. 어머니는 치마를 입고서도 과격하고 큰 동작으로 담을 넘었다. 사람 사는 집 담장을 넘는 것도 아닌데, 못 넘을 이유가 뭐냐는 식으로. 나는 어머니가 담을 넘는 모습을 뒤에서 지켜보며, 혼자 조마조마했다. 누군가 어머니를 신고해 잡아가면 어떡하나 싶었다. 큰 범죄도 아닌데, 어떤 부정을 저지르고 있단 사실이 무섭게 느껴졌다.

이 은밀한 광경을, 낯선 사내 셋이 몇 걸음 떨어진 곳에 서서 지켜보고 있었다. 그중 한 사내의 손이 곱게 모아져 있고, 그 틈 사이로 포장된 장미 한 송이가 들려 있었다. 나는 그들이 어머니를 기다리고 있다는 것을 알았다. 가끔가다 기류나 침묵 같은 말이 아닌 것들을 읽을 때가 있는데, 바로 그 순간이었다. 계주 전 준비 자세를 취하며 옆 주자들과 나누는 눈치처럼. 그것보다 조금 무르고 순하지만 어떤 팽팽한 균형 같은 것이 만들어지고 있었다.

마침내, 그 사내가 발을 뗐다. 두 사내는 키득거리며 그를 부추겼다. 땀에 젖은 듯 이마가 번들거렸다. 걸음은 어머니에게로 점점 가까워졌다. 어머니는 '이 사람이 지금 뭘 하려고 그러지.' 하는 당혹스런 눈빛으로 그를 흘겨봤다. 그가 말했다.

"이 장미 받아주세요."

나는 그 모습을 담 건너에서 까치발을 들어 간신히 바

라봤다. 어머니가 어떤 표정을 지었는지 잘 모르지만, 이제껏 어머니가 지어온 표정으로 짐작할 수 있을 것 같았다. 어머니는 사내가 어느 여인에게 고백과 함께 건넸다가 거절당한 꽃이 아닐까, 생각하는 듯했다.

이건 단순한 장난이었지만, 어머니는 이 사소한 장난 속에서도 어떤 중요한 사실을 확인하는 듯했다. 어머니는 꽃을 받아줬다. 사내는 우스갯소리인지, 진심인지 모를 말투로 "예쁘세요."라는 말을 남기고 냅다 뛰어 사라졌다. 그리고 어머니는 뒤돌아 내 몸 전체를 두 손으로 번쩍 들어 올려 담을 넘겼다. 어머니의 손엔 정성스럽게 포장된 장미 한 송이가 들려 있었고, 어머니는 '새것'처럼 웃고 있었다.

어머니는 장미를 들고 오는 내내 나를 귀찮게 했다. "이 꽃 이쁘지 않냐." "그 사내, 훤칠하니 잘생기지 않았더냐." 열댓 살은 어린 사내의 마음이 상사병을 앓게 할 만큼, 정말로 사랑이 이루어질 경우의 수를 헤아릴 만큼 매혹적이진 않지만, 꽃 한 송이쯤은 충분히 받아도 괜찮은 어머니는 계속해서 물었다. "어디에 이 꽃을 걸어두면 좋을 것 같냐. 니 아버지한테 자랑 좀 해야겠다."

평소 "좋다고 너무 졸졸 쫓아다닌 바람에 귀찮아서 결혼해줬다."라고, "내 다음에 태어나면 절대 결혼 같은 것 안

한다. 자식새끼도 안 낳고 혼자 살 것이다."라고 한스럽게 말하던 어머니는, 당신이 아버지와 살림을 차리게 만든 어떤 결심을 그 사내에게서 느꼈던 걸지도 모른다. 그녀가 그녀여서 좋았을 순간. 그리고 그 순간을 겨우 사랑으로밖에 이뤄본 적이 없다는 걸, 그때 거울을 보던 어머니는 알았을까. 누군가의 새것이 사실, 상당 부분 자신의 헌것에 기대고 있는 건 아닐까 하는 낯선 불안마저도.

새것은 헌것이 되고, 헌것은 더 헌것이 된다. 그렇게 장미도 어머니의 입술 색처럼 고동빛이 돌기 시작한다. 그 속에서 여전히 어머니는 옷을 짓는다. 무언갈 끊임없이 박음질하고 꿰매고 덧대지만, 그 옷은 더 이상 내 옷이 되지 않는다.

무쇠 가위의 표면이 몇 겹 얇아졌다. 곡자의 등엔 금이 가고, 쇠골무를 껴 버릇한 손가락은 다른 손가락들보다 유독 시렸다. 가게에는 아는 사람들 수만큼만 북적댔으나, 이제는 그렇지도 않다. 그녀의 입담, 좋은 기운들만 믿고 방문하는 손님은 없기 때문이다. 그녀는 아직도 무언가를 만드는 사람, 항상 움직이는 사람이지만, 그게 도대체 어떤 사람인지는 잘 모르겠다.

_____ 때로는 허세도
약이 된다

　여름의 한창, 더위와 겨루기라도 하듯 밖을 쏘다니던 시절. 더위는 아이들의 생동을 노골적으로 부추겼다. 아이들은 흙더미를 미친 듯이 파헤쳐가며 부산스럽게 놀았다. 하여 몸은 좀처럼 성한 데가 없었다. 작은 몸 곳곳에 반창고를 달고 다녔다. 그것은 이제 막 몸을 다루기 시작한 미숙함 때문이었겠으나, 아이가 세계를 대하는 가장 당연하고 자연스러운 태도이기도 했다. 막 태어난 짐승의 새끼가 목청껏 울고 냄새를 맡으며, 다리나 날개 같은 것을 가냘프게 퍼덕거리는 것처럼. 어쩌면, 자신이 평생 살게 될 세계의 부피를 사력을 다해 재고 있는 중일지도 몰랐다. 그래서 아이들이 냄새를 맡고, 지저분한 흙바닥에 사정없이 몸을 굴리며 놀아도 나무라는 사람이 하나도 없었다.

　나 또한 동네 아이들 여럿과 열심히 어울려 놀았다. 대부분 제 장난감으로 부메랑이나 팽이, 구슬 같은 것들을 가지고 모였다. 그때, 우리는 아는 말이 없었다. 그래서 어디선가 어렴풋이 들어본 말들로 욕도 하고 얘기도 하다가, 가져온 말들을 서로 나눠 배우기도 했다. 그렇게 서로 배운 말들을 금세 다시 잊어버리곤 했지만, 또 금방 배울 수 있는 게 애들 말이기도 했다. 아이들은 말을 자랑하듯 했다. 때문에, 사소한 것 하나에도 "이게 뭔 줄 아냐."고 으스대기에 바빴다.

아이들은 말을 마치, 실체하는 사물처럼 대했다. 그래서 박카스라는 말도, 사루비아라는 말도, 아이들의 입에 한번 들면 기분 좋은 맛이라도 나는 양 하루 종일 자글거렸다. 소통 이전의 순수한 발음. 어떤 발음 기관을 통해서 그런 발음이 형성되는지는 잘 모르지만, 입안에서 부는 그 얇고 맑은 소리가 듣기 좋은 모양이었다.

오밀조밀하게 모인 주택가엔 놀이터가 변변치 않았다. 그래서 우리는 약간의 경사진 아스팔트 골목에서 매일 만나고 헤어졌다. 경사로 옆으로는 무성하게 자란 잡초가 많았다. 달궈진 아스팔트 위로 아지랑이가 풀처럼 흔들렸다. 바람이 몇 번 그치다 다시 불기를 반복할 때마다 잡초들은 경사로를 따라 고개를 처박기도, 뒤로 젖히기도 했다. 몇몇 아이들은 구슬 같은 굴릴 것을 잔뜩 흩트려 경사를 따라 굴러가는 모습을 지켜보았다.

그중 내가 제일 좋아했던 장난감은 바로 부메랑이었다. 궤적의 둘레가 크게 만들어지며 허공을 돌아오는 모습은 언제나 마음을 한층 시원하게 만들었다. 초록을 함박 매달고 있는 나무의 턱을 건들거나, 너무 높지도 너무 낮지도 않아 평생 어떤 물체가 한 번이라도 드나들까 싶은 어정쩡한 높이의 허공 사이를 허우적거리기도 했다. 그건 뭐랄까, 무척 자유로워 보였다. 그리고 그런 모습을 비스듬히 지켜볼 때마다 문득 '넓은 세상에 살고 있구나' 하는 실감이 났다.

어차피 사람은 최대의 공간이 아닌 최소의 공간으로 살아가므로 크게 상관은 없을 테지만, 살면서 그런 실감쯤은 가끔씩 필요했다. 비록 최소를 살더라도 실은 좁지 않다는 인식 같은 게. 어떤 가능성만으로도 삶은 숨을 고르기가 한결 편해질 때가 있으니까.

딱히 시간이나 약속을 정해놓은 것도 아니었는데, 그곳에 가면 늘 아이들이 있었고, 어스름이 질 무렵이면 거의 동시에 집으로 돌아갔다. 그건 한 시절의 평균을 사는 세대들끼리 공유하고 있는 일종의 문법 같은 거였다. 경기 불황으로 가계의 빈곤이 너나 할 것 없이 한꺼번에 찾아와, 가구 대부분이 맞벌이를 시작할 즈음이었다. 종일 인적 없이 비어 있는 가구가 꽤 됐다. 생계를 감당하는 부모님의 평균은 고스란히 내 또래 아이들에게로 이어졌다.

그래서 우리는 일찍부터 놀고, 늦게까지 놀아야 했다. 어떻게 '열심히 노는 것이 한 시절의 가난을 상징할 수 있을까'란 의문이 들 수 있겠지만, 그건 아이가 아이여서 경험할 수 있는 가난의 한 표준이자 방식이었다. 아이가 논다는 건, 아이로서 최선을 다하고 있다는 뜻이었다. 그렇게 우리는 어김없이 놀았다. 해가 언제나 동쪽에서 뜨고, 서쪽으로 기울 듯이.

* * *

나는 다른 아이들과는 다르게, 아무 힘 들이지 않고 가만히 무언가를 지켜보길 좋아했다. 심지어, 오락실을 가더라도 멀찍이 서서 들여다보기만 했다. 하지만, 아버지는 달랐다. 아버지에겐 멀뚱히 동네 애들의 시늉을 쫓고 있는 내 모습이 무능하게 비췄던 듯싶었다. 아버지는 과격한 행동주의자였다. 아버지는 늘 바지춤을 뒤져 꺼낸 돈으로 내게 사라고, 하라고 부추겼다. '내 자식이 다른 애들보다 부족할 거 없다.'는 식으로 나를 떠밀었다.

그것은 어쩌면, 부모로서 자식에게 갖는 마땅한 감정 중 하나였거나 부모의 평균이 아이에게 물려지듯, 아이가 부모의 어떤 평균을 대변하게 될까 하는 우려 때문일지도 몰랐다. 고만고만한 형편과 생활 반경을 지닌 가구 사이에서도, 유독 아버지는 한 뼘 더 높은 평균에 있길 바랐다. 부릴 수 있는 한도 내에서의 사치는 꼭 부려야 했고, 그렇게 부려놓은 사치는 누군가 발견하고 알아줘야 했다. 그러니까, 대부분이 겪는 그 흔한 낙오 속에서 부실한 어떤 안도를 찾길 원했다. 그래서 나는 원치 않는 아버지의 호의가 늘 고마우면서도 난처했다. 불편하기만 한, 눈치 없는 선의를 받을 때처럼 말이다.

아버지는 아버지로서 자식에게 무언갈 가르치는 것을 대단히 즐겼는데, 특히 '남자라면'으로 나열되는 목록들이 많았다. 이를테면 "남자라면 뭐든지 할 줄 알아야 한다." "남자는 멋이 있어야 한다." 같은 시답잖고 시시콜콜한 소리였다. 남자가 아니어도 되는 일들에, 꼭 습관처럼 '남자'라는 말을 붙였다. 어엿한 사내에 가까워질수록, 필요 목록들은 점점 분명하고 노골적으로 변해갔다.

언젠가 대뜸 자전거 한 대를 이고 왔던 날도 그랬다.

"이게 이제 네가 탈 자전거다. 남자라면 자전거 정돈 탈 줄 알아야 한다."

기어가 25단까지 있다, 최신식이라 무게도 가볍고 심지어 들고 다니기 편하게 접을 수도 있다며 내게 자랑을 늘어놨다. 아버지는 내일이라도 당장 가르쳐주겠다고 했다. 한번 사면 거의 평생을 탈지도 모르는 게 또 자전거인지라, 기왕에 비싼 것으로 사왔으니 그 때문이라도 더욱 배워라, 하고 덧붙였다.

하지만, 나는 그 자전거가 스포츠 신문을 구독하면서 덤으로 얻은 것임을 얼마 지나지 않아 알 수 있었다. 생전 배달된 적이 없는 스포츠 신문이 현관 앞에 쌓이기 시작하면서. 우연히 본 '25단 기어, 초경량 접이식 자전거를 드립니다.'라는 피켓을 들고 사람을 불러 세우는 한 아저씨를 우연히 보고 나서였다. 어찌 됐든, 그날부터 아버지는 내게 자전거 타는 법을 가르쳤다.

먼저 아버지는 내 뒤에 섰다. 그러곤 안장 끝을 꼭 잡은 채 천천히 힘주어 밀기 시작했다. 자전거가 휘청이며 나아갔다. 미지근했던 등은 점점 뜨겁게 데워졌다. 이어서 아버지는 페달에 발을 끼워 힘껏 밟아보라고 지시했다. 새것이 갖는 특유의 빽빽함이 발끝부터 묵직하게 전해졌다. 동시에 '내가 지금 자전거를 타고 있구나'란 실감이 들었다. 내가 밟지 않으면 이 자전거도 곧 서버릴 거라는 사실은, 어떤 요구와 필요로 맺어진 불가분의 관계처럼 느껴졌다. 내가 무엇의 동력이 된다는 건 기분 좋은 일이었다.

아버지는 내 발을 쉴 새 없이 굴렸다. 그래야 균형을 잃지 않을 수 있다고 했다. 계속해서 나아가야 힘을 잃지 않는다고. "사는 것도 다 이 자전거 타는 법과 같은 거다."라는 말도 빼놓지 않으면서. 나는 그렇게 충분한 기본기도 없이, 남들은 한 번쯤 달아보는 보조 바퀴도 없이, 내 몸보다 몇 배는 큰 자전거를 몸 전체를 써서 겨우 타고 다녔다. 아버지는, 사은품으로 얻어온 자전거로 "한번 사면 오래 써야 하는 게 자전거라 일부러 큰 걸로다가 샀다. 금방 몸에 익을 거다." 하며 나를, 내 몸을 설득했다. 그 모순이 어쩐지 자꾸만 내 마음을 아프게 건드렸다.

아버지의 평생 돈벌이는 자동차였다. 아버지는 세상 모든 사람들이 타고 다니는 차를, 그래서 일종의 기본 소양으로서 세상 사람들이 다 아는 만큼만 차에 관해 알아 놓고 돈을 벌었다. 물건을 떼다 팔고, 아는 한에서 손도 좀 보고. 기술이 없어서, 상주하는 직원에게 시원찮은 돈벌이에도 꼬박꼬박 월급을 줘가며 허덕이듯 가게를 유지했다.

그러다, 집안 형편이 한층 크게 꺾였고 다시는 제 균형을 찾지 못했다. 단순히 휘청하고 기울어진 게 아니라, 어떤 세계와 아예 절단이 돼버린 것 같았다. 그렇게 몇 번, 기운 가세를 한번 일으켜보겠다고 어디서 얼핏 들은 얘기로 보는 눈도 없이 일을 벌이다가 하는 족족 빠르게 말아먹었다. 그리고 그 속도만큼 아버지의 거짓말도, 허풍도 행방이 묘연해지기 시작했다. 그런 게 가능하다면, 품속에 간직하고 있던 거짓말이란 어떤 물건을 영영 잃어버린 게 분명했다.

아버지에게는, 아버지 자신도 모르는 과도한 책임 의식 같은 게 있었던 게 아닐까. 그건 아버지가 아버지라는 이름의 값을 무게가 아닌 부피로 이해해서였는지도 몰랐다. 많은 걸 답해야 하고, 기대보다 늘 초과분의 몫을 내놓아야 한다는 자신만의 엄격함 같은 것.

허풍은 그런 아버지를 아버지답게 해줬던 일종의 구호 품인 듯싶었다. 그때부터 아버지는 그렇게 자신만만하게 말하던 "남자라면"의 목록을 더 이상 열거하지 않았다. 이후로, 아버지는 많은 것을 멈추었다. 무엇을 하지 않거나 말을 삼갔다.

어느새 스포츠 신문의 구독 기간은 만료됐고, '사절'이 적힌 종이를 현관문에 붙여놓았다. 자연스레 자전거도 타지 않게 되었다. 한참을 지나 딱 한 번 자전거를 탄 적이 있긴 했는데, 그건 내가 아니라 아버지였다. 그날은 늦은 저녁, 칠흑 같던 밤이었다.

아버지는 자전거를 끌고 밖으로 나온다. 그전까지 한 번도 자기 의지로 먼저 타본 적이 없었고, 그날 이후로도 없을 자전거를. 그날 왜 아버지가 자전거를 꺼내 왔는지는, 아버지 말고 아무도 모를 것이다. 바람은 차고 도로는 텅 비어 있다. 신호는 질서를 잃고, 호흡을 잃어 주황빛 등만 번갈아 끔뻑거린다. 나는 그것이 아버지에게 어떤 안도를 줄지 모른다고 생각한다. "사는 게 다 이 자전거 타는 법과 같다."라고 말한 아버지가 점멸하는 빛에서 "멈춰도 괜찮고 가도 괜찮다."라는 말을 들었을지도 모른다고.

아버지가 손수 자전거를 끌고 나를 데리러 왔다는 사실이 조금 어색하다. 이전에도 없고 이후에도 없을 그날이. 아직 발이 바닥에 닿질 않을 정도로 덜 큰 나는 자전거 안장에 앉는다. 아버지는 선 채로 헌것의 뻑뻑함을 이기며 페달을 밟는다. 페달을 밟을 때마다, 주황빛 신호처럼 크고 넓은 등이 좌우로 번갈아 기운다. 과속 방지턱을 넘어갈 때 묵직한 아픔이 엉덩이로 몰려든다. 나는 한 손으로 아버지의 허리춤을 부여잡은 채 다른 손으로 엉덩이 밑을 받쳐댄다. 아버지가 말한다.
"배고프냐."

나는 그렇다고 대답한다. 많은 것이 멈춘 아버지는 열심히 달린다. 아버지의 등 뒤로 몇 장의 풍경이 흘러 지나간다. 나는 그 풍경들이 외롭지 않게 눈으로 꾹 담는다. 대낮같이 환한 현금 지급기의 창가엔 온갖 날벌레들이 다닥다닥 붙어 있고, 취객이 그 안쪽에 쓰러져 있다. 누군가 홧김에 찢어버린 듯한 과외 전단지 반쪽은, 얕게 분 바람에 너덜거린다. 가벼운 옷차림으로 산책을 나온 사람들도 몇 보인다. 그 풍경들 사이로, 아버지의 등에서 달짝지근한 군내가 기분 좋게 맡아진다. 언제나 오래된 것 같은 냄새에선 어떤 기억이 함께 박제되는데, 그 순간의 기억도 그 냄새와 함께 단단히 묶이기 시작한다. 나는 아버지를 냄새로 기억한다. 냄새는 내 기억을 자꾸 먹어 버릇해, 이러다 언젠가는 숨을 쉬면서도 꿈을 꿀지 모른다.

* * *

아버지는 나를 자전거에 태우고 근처 우동집에 데려갔다. 낡고 허름한 가게였다. 우동은 딱 우동일 수 있는 만큼의 맛이었다. 딱히 맛있지도 맛없지도 않았다. 가게엔 손님이 두세 명 있었고, 전부 혼자였다. 주인은 다 타버려 비틀어진 성냥개비를 입에 물고 라디오를 듣다가 졸다가 했다. 가끔씩 면발을 입으로 빨아들일 때 나는 질긴 소리가 가게를 메웠다.

나는 큰일이 난 것처럼 아버지의 눈치를 살피며 첫 말을 기다렸다. "우동이 말이다." 하며, 운을 떼길 기다렸지만 아버지의 입에선 다 먹을 때까지 끝내 한 마디도 나오지 않았다. 그것은 '아버지'라는 존재가 줄거나 왜소해진 것도, 반대로 내가 커버리거나 의젓해진 것도 아니었다. 다만, 아버지라는 이름에 불필요한 여백이 조금 사라졌을 뿐이라고 생각했다. 어떠한 악의도 선의도 없는 허풍에서 바람이 빠져버린 것이라고. 나는 그런 아버지가 싫지 않았다.

아버지는 집에 도착해서 손수 자전거를 들쳐 메고 계단을 올랐다. 접이식 자전거라는 사실을 잊었거나, 접을 줄 몰라 그대로 들고 가는 걸지도 몰랐다. 아버지를 보며, 어머니는 웬일로 자식 마중을 다 갔다 왔냐고 얄궂게 골렸지만, 아버지는 말이 없었다.

어머니는 말수가 준 아버지를 부러 순하게 대하지 않았다. 어머니는 그런 아버지를 쇠약해졌다거나 주눅 들었다 생각하기보다는 '차분하니 대하기 편해졌다.'고만 생각하는 듯했다. 그건 아버지가 전혀 남부끄러워할 필요 없다는 식의 배려로도 읽혔고, 어쩌면 그동안 부리지 못했던 어머니의 기세를 찾은 것일 수도 있었다. "집에만 들러붙어 있지 말고 밖에도 좀 나가 봐." 하고 핀잔을 주면, 아버지는 "갈 곳도 없는 사람한테 왜 자꾸 나가라는 거여."라고 숙맥처럼 입을 뗐다.

어느 시점부터 아버지는 자신의 벌이를 더는 의식하지 않았다. 가장의 체면이라든가, 눈치라든가, 집안의 주도권이 어머니에게 넘어간 사실도 크게 신경 쓰지 않았다. 아버지는 전혀 개의치 않는다는 표정으로 밥만 잘 먹고 서슴없이 욕도 잘했다. "이 양반이 돈 벌 생각은 안 하나." 같은 말은 아버지에게 별다른 자극이 되지 못했다. 그건 냉소가 담긴 자조가 아니라, 어떤 인정에 가까운 행동이었다. 이제는 그래도 된다는 걸 깨달았다고나 할까.

지금, 자전거는 내 몸에 알맞게 익었다. 이제야 비로소 내 몸에 들어맞았지만, 타지는 않는다. 아버지의 돈벌이는 여전히 '차'가 감당하고 있으나, 그것은 우리의 밥벌이가 되지 못한다. 어머니의 채근은 여전하고, 가끔씩 아버지를 웃기기도 한다. 나는 그런 어머니와 아버지를 계속 보아왔지만, 줄곧 알지는 못했던 다른 한 사람을 알아가는, 새삼스럽고 묘한 심정을 느낀다. 나는, 이 모든 광경이 마음에 들었다.

공포 영화
메이트

　돈을 한번, 지독하게 벌어보아야겠다고 생각했다. 잔고
를 확인하는 일도, 돈이 없어서라는 변명도 슬슬 지겨웠다.
새파랗게 어린놈치고 무르지 않고 악착같다는 말도 좀 듣고
싶었다. 그러기엔 일의 강도가 고되더라도 보수가 좋은 일이
제격일 거라고 생각했다. 내가 그 일을 시작한 건, 그런 이유
에서였다.

　공장 외관은 높고 단단해 보였다. 내장을 감싸는 단단한
골격처럼. 각종 설비를 보호하느라 그렇게 견고하게 지어진
듯했다. 면접은 의외로 간단했다. 질문이 많지 않았다. 자신
을 팀장이라고 소개했던 그는, 왜 이 일을 하려는지 묻지 않
았다. 그냥 할 수 있겠느냐는 말만 툭툭 던져 물어볼 뿐이었
다. 조금 삐딱하게 다리를 꼬고 앉아서, 너 같은 애들을 수없
이 봐왔다는 식으로 말했다.
　나는 그의 질문에 별 어려움 없이 대답했다. 그도 나의
그런 태도가 싫지 않은 눈치였는지, 충분히 할 만한 일이고
보수도 괜찮다며 나를 설득하기 시작했다. 특히 학비와 자취
비용, 용돈까지 충당할 수 있다는 말을 곁들일 때면 그가 흡

사 무엇을 노리기라도 하는 듯 보였다.

　때마침 회색빛 유니폼을 입은 한 사내가 사무실로 들어왔다. 공장의 외관처럼 몸 전체가 단단하고 까맣게 그을려 있었다. 팀장은 땀에 전 사내를 향해 무슨 일이냐고 물었다. 사내는 정수기를 가리키며 시원한 물을 뜨러 왔다고 했다. 더듬듯이 말을 구겨 넣는 발음이었다. 숨을 어지럽힐 정도의 더위였고 땀을 온몸에 묻히는 중이었으니 사내에겐 충분히 맑고 시원한 것이 필요해 보였다. 팀장은 그러라는 손짓과 함께 물을 가득 떠가라고 했다. 물을 뜨면서도 사내의 온몸에선 땀이 흘러내리고 있었다. 물을 뜨다가, 땀을 턴 손에 약간의 물을 적셔 목 부근을 문지르던 사내는, 몽골 사람이라고 했다.

* * *

　우연히, 그때 처음 마주친 이후로 그와 나는 같은 숙소에서 잠을 자는 사이가 되었다. 삼십 대 중반 정도에, 입에는 구수한 말씨가 넉넉히 배어 있었다. 거친 일과 거친 사람들 사이에서 터득한 말들은 반쯤이 욕이었으나, 들어도 나쁘지는 않았다. 아마, 들어도 기분이 나쁘지 않은 말이었으니 욕인 줄 모르고 그렇게 사용했을지도.

　사내는, 그 누구도 구분하지 않는 걸 구분할 때가 많았다. 가령, 바람을 구분할 때 그랬다. 시원한 것과 서늘한 것,

차가운 것을 미묘하게 나눴다. 더운 날, 몸에선 갑갑하고 탁한 기운이 자주 올라오던 날. 여간해서 에어컨을 틀지 않은 것도 그런 이유에서였다. 그 바람은 시원하지 않은 차가운 바람이라고. 서늘함이 모두 선량한 건 아니라고 했다.

그에겐 남들은 쉽게 이해할 수 없는 자기만의 기준, 비밀스런 면이 있었다. 누군가는 그걸 고집이라 했고, 또 누군가는 힘들게 일하지 않았다는, 일종의 나태나 태만이라 말했다. 사내의 방에 사내밖에 없던 것은 그 때문이었다. 그런 일들로 몇 번의 다툼이 있었다. 나는 그의 구분과 갈래가, 취향이 썩 싫지 않았다. 되려, 마음에 들기까지 했다. 무언가를 판별하고 가늠하는 일은 언제나 그 사람의 삶과 계열에 관해 말해준다고 믿었다. 그러니까, 사내는 평소 바람과 사는 일이 많았을 거라고 생각했다. 그래서 바람을 일일이 다 구분해내는 것이라고.

첫 근무 날, 노란 방산복을 입고 서툴게 방독면을 썼다. 손목과 팔, 발목과 발, 얼굴과 목 사이같이 벌어진 틈에는 간간이 테이프를 찢어 가리듯 막아놓았다. 얼마 전 테이프를 꼼꼼히 붙이지 않아 벌어진 틈으로 산이 흘러들어 살이 썩었다는 말을 들어서였다. 오래, 여러 번을 확인했다. 온몸을 감싸는 복장은 일종의 막에 쌓인 듯 갑갑했다.

얼마 지나지 않아, 전신 가득히 올라오는 열기와 숨으로 눈 주변에 뿌연 김이 서렸다. 체온이 투명한 유리알 속으로 번져가는 중이었다. 앞이 보이지 않을 뿐더러, 거북하고 메스꺼운 느낌이 몸 깊숙한 곳에서 서서히 울렁였다. 허리와 고개를 앞으로 숙여 숨을 골랐다. 호흡에도 적당한 온도가 필요하다는 걸 그때 알았다. 내가 걸음을 옮기고 어떤 행동을 취할 때마다 숨은 더욱 사납게 변했다. 내 몸의 사사로운 행동 하나하나가, 모두 수고가 들어간 노동이라는 걸 실감했다.

모든 부품과 기계 겉면에 산을 희석시킨 액체가 단단히 들러붙어 있었다. 우리는 꼬박 두 시간가량 쪼그려 앉은 채로 부품을 분해하고 세척하며 다시 조립하길 반복했다. 손상된 노즐을 새것으로 갈아 끼우기도 했다. 가끔씩 오류가 나거나 작업자와 신호가 맞지 않을 경우, 희석액이 분수처럼 노즐을 타고 넘칠 때가 있었다. 액체는 바닥에 빗물처럼 흥건히 고였다. 희석액이 몸에 닿는 감촉은 미지근한 물과 비슷했다. 비록 피부에 직접 닿는 건 아니나 그런 느낌이 들었다. 평범한 액체, 무해한 물 같았다. 무언갈 잘라내고 부식시키고 병들게 한다는 게 믿기지 않을 정도였다. 이렇게 사람을 막되고 병약하게 만드는 물질이, 한 생계를 책임지고 있다는 것도 그랬다.

그럼에도 우리가 이곳에서 가장 많이 듣는 말은, "괜찮냐.", "조심해라."처럼 우려의 말이 아닌 가격, 값에 관한 말이었다. 일이 잘못되면, 총괄 책임자는 늘 "이게 얼만 줄 아느냐."고 따져 물었다. 그는 내가 함부로 만져볼 수도, 가져볼수 없는 가격을 불렀다. 그래서 그 값은, 액수가 아니라 어떤수치처럼 들렸다. 세상 온갖 것들을 계량하고 측정하는 지수같이, 나를 살살 구슬려 구입을 권하고 지불을 부추기는 게아니라, 무언갈 적나라하게 직시하고 확인시켜주는 듯했다.

나는 이런 가격에 자주 주눅이 들었다. 스스로 못마땅했지만, 한편으론 그 값이 내 위치이자 형편을 가늠한다고 생각하니 무기력하고 서러워 어쩔 수 없었다. 내 모든 생활과 수준이, 보잘것없게 느껴졌다. 그때마다 내가 이 일에 복종하고있는 기분이 들었다.

하루에도 족히 서너 번은 물로 온몸을 헹궜다. 땀을 한바가지씩 쏟던 일이었으니, 그럴 수밖에 없었다. 체열로 달궈진 몸이었지만 시리도록 찬물을 끼얹는 일은 늘 고됐다. 수도꼭지를 더운물 쪽으로 돌렸지만 뜨거운 물은 나오지 않았다. 도리어 물줄기가 약해지다 수그러들었다. 수도꼭지는 물의온도가 아니라 단지 수압을 조절해주는 장치에 불과했다.

우리가 물로 몸을 수없이 헹구는 만큼, 우리가 입어야

할 옷가지도 빠르게 젖고 자주 빨아야 했다. 변변한 건조기가 없어, 매번 햇볕에 옷을 말렸다. 이상하게 그곳은 좋은 볕이 잘 들었다. 이 건물을 제외하면 사방팔방 농지로 가득 메워져 있는 건 그 때문이었다. 이렇게 명랑하고 부지런히 생장하며 규모를 넓혀가는 공간에서, 썩고 부패해가는 곳은 여기밖에 없었다. 음영이 한 곳을 향해 일방적으로 드리워져 있었다. 그래서 나는 옷가지를 널면서 같이 일하던 사람에게 이렇게 물은 적이 있다.

"이런 데에서 작물을 심어도 괜찮은 걸까요? 이거 문제가 되지 않을까요."

일종의 빚이자 죄책감이었다. 그는 뭐 그런 걸 걱정하냐는 투로 대답했다.

"저거 다 우리가 먹는 식재료야. 근방의 수확물은 전부 이곳에서 사들이기로 합의하고 들어온 거야."

유일하게 쉴 수 있는 공간이라고는 조잡한 컨테이너가 전부였다. 세탁실도 있긴 했지만, 그곳은 기계 소음이 워낙 강한 탓에 오히려 몸만 더 피곤하게 만들었다. 컨테이너라고는 하나, 정성껏 복장을 벗고 서로 숨을 고르기에 크게 부족함은 없었다.

그 속에서 사람들은 어항 밖으로 나온 물고기처럼 입을

자주 뻥긋거렸다. 숨이 상했거나 이 세계의 호흡법을 잃어버린 것 같기도 했다. 사람마다 살내가 있듯, 이곳의 체취는 늘 맵고 칼칼했다. 암모니아 같은 코를 찌르는 냄새가 온종일 넘쳤고 테이프를 자르겠다며 꺼내놓은 잘 마른 칼심은 일주일도 안 되어 녹이 슬었다.

　　일종의 은유나 비유가 아니라 그들은 진짜 속이 문드러진 사람들이었다. 꼭 속이 아니더라도, 잘 헐고 잘 다쳤다. 어떤 사람은 팔이나 정강이에 촘촘한 주삿바늘 자국이 둥그렇게 박혀 있었고, 발 부근이 으스러지거나 시취가 날 듯, 몸의 절반이 검게 바랜 사람도 있었다. 아침마다 작업자 명부에 자기 이름을 적어야 했는데, 검성 펜으로 한 자 한 자 적다 보면 누군가의 이름에 붉은 줄이 그어진 경우가 더러 있었다. 많이 아프다는 뜻이었다. 그런 사람은 보통 돌아오지 않았다.

* * *

　　이상하게, 나는 사내에 대해 자주 생각한다. 아마도 그에게 진 빚이 많아 그런 것 같다. 우리 몸에 드는 계절은 거의가 여름이었지만, 나는 사내와 가을도 보았고 겨울도 보았다. 모든 계절에선 독하고 질긴, 메케하고 유독한 냄새가 났다. 그와 내가 자주 입으로 나눠 마셨던 냄새. 누군가를 자주 아프게도 했던 그 냄새였다. 내가 사내를 냄새로 기억하고, 바람으로 기억하는 것만큼이나 등으로도 많은 걸 기억했다.

내가 심하게 앓았던 날. 그렇지만 사람이 없어 일을 해야 했던 날도 그랬다. 몸이 심하게 달떠 있었다. 무언가 피부에 닿을 때마다, 달팽이처럼 몸이 느릿하게 움츠러들었다. 작업장에 들어가기 위해 방독면을 쓰고 방산복을 입었다. 목과 손에, 몸 마디마다 테이프를 감았다. 밀폐된 용기에 갇힌 듯했다. 계단을 밟는데, 어지러워 몸이 자꾸만 뒤로 쏠렸다.

몸이 둔했다. 노즐을 쥐고 돌리려 해도 손에 힘이 들어가지 않았다. 내 몸이 내 몸 같지 않게 무감각했다. 내가 누군가의 몸을 잠시 빌려 쓰는 기분이었다. 노즐을 빼낼 때마다, 그 안쪽에 고인 희석액이 기운 없이 쪼르륵 흘러나왔다. 평소 같았으면, 그냥 지나칠 장면이었는데도 저 액체가 나를 피로하게 만들고, 허약하게 만들었을 거라 생각하니 유독 눈에 잘 띄었다. 모든 것이 새삼스러웠다.

그때, 사내가 내 어깨를 잡았다. 꼭 같은 방을 쓰는 사이가 아니더라도, 그는 다른 이의 속을 잘 헤아릴 줄 아는 사람이었다. 내게 괜찮냐고 물었다. 그 말이 잘 들리지 않아 그의 입가에 귀를 가져다 댔다. 사내는 나를 보더니 손짓으로 내려가 쉬라고 말했다.

내 몫의 일만큼 덜 쉬어야 할지 모르는 그가 걱정되어

차마 그러지는 못했다. 복잡한 감정에 사로잡혀 한참을 서 있었다. 고맙고 다행이란 마음과, 그렇게 느껴 죄스러운 마음이 동시에 들었다. 감정과 감정이 서로를 나무랐다. 나는 그렇게 한동안 무력한 상태로 사내의 뒤를 살폈다. 이런 식으로 누군가의 등을 오래 보게 되리라곤 미처 상상해본 적이 없었다. 겨우 두 눈으로 그를 잔뜩 문지르다가 돌아왔다. 내가 사내를 등으로 기억하는 데에는 이유가 있었다.

언젠가, 사내는 내게 근사한 요리를 해주겠다고 했다. 기대하라고 말하는 당신은 아이마냥 들떠 있었다. 내놓은 요리는 새 요리라고 했다. 평소에 장난을 좋아하는 사람이라, 내가 알아볼 수 없는 형체의 음식을 만들어놓고 그냥 새라고 말했던 것 같기도 하다. 일단 새라고 치자, 그러면 그 음식은 닭이었을까. 그는 아니라고 했다. 진짜 새라고, 걷지 않는, 날 수 있는 새라고 했다. 그 말을 듣는데, 이상하게 가슴팍이 멨다. 그 말이 왜 나를 어지럽히는지 정확히 알 수 없었다. 한계에 관한 말을 들을 때면, 종종 그런 기분이 들었다

음식은 비린 냄새를 풍겼고, 오래 묵은 쉰내도 났다. 음식을 입에 대기 전부터 강한 거부 반응이 튀어나올 정도로, 이미 배가 부른 사람처럼 입맛을 잃을 정도로. 몇 번 입을 거들다가 사내가 양껏 먹도록 두었다. 음식을 비우면 그는 분명

끔찍하게 징그러운 공포 영화를 볼 거였다. 입으로 으깨고 씹던 일을 마치고 하는 것이라곤 그만큼 흉측한 것을 보는 일.

사내는 평소 소름 끼치도록 징그러운 공포 영화를 좋아했고, 그 옆에서 얼굴을 구기며 보는 내가 우습다며 골리기를 잘했다. 뜨거운 국물을 들이켰고, 땀이 이마를 더럽혔다. 물론 에어컨은 켜지 않았다. 손등으로 이마의 땀을 한 번, 입가의 지저분한 얼룩을 서너 번 치웠다.

잠자리에 들 때마다 꼭 들여다보던 액자를 다른 날보다 조금 이른 시간에 꺼냈다. 그만 일찍 잠들고 싶다는 뜻일까, 아니면 너무 보고 싶어 못 참겠다는 뜻일까. 알 수 없었다. 그는 이곳에 온 지 2년이 지났다고 했다. 그의 말에선 약간의 비린내가 묻어났다. 지나온 세월을 말하기엔 무릇 2년이란 말은 너무 부실하고 모자라므로 '서툰 글씨로 자신의 이름을 꼬박 2년 동안 적어보았다거나, 마음을 좀 헐어본 일이 어느덧 2년이나 지났다.' 정도로 알아들었다. 내가 물었다.

"제가 없는 날에는 주로 무얼 했어요?"

살면서 한참을 누군가와 만나지 못했으니, 어쩌면 사내의 과분한 친절함도 그 못된 시간이 그리하라고 부추긴 건 아니었을까 하여 물어본 말이었다. 그리고 나를 만나기 이전의 사내가 궁금했다. 그건 다시 말해 내가 그에게 어떤 사람인지 묻는 말이기도 했다. 그가 깊숙이, 거의 잠기다시피 한참 뜸을 들이다 대답했다.

"하루 종일 영화만 봤지."

시시했다. 기대를 잔뜩 품고 건넨 말이었는데, 너무 평범하고 적당한 대답이었다. 아무래도 그 영화란 끔찍한 공포 영화일 테고. 그땐 나처럼 놀려줄 사람도 없었을 텐데 무슨 재미로 보나 싶어 재차 물었다.

"공포 영화 질리지 않아요? 매일 보면 그럴 법도 한데…."

그가 고개를 저었다. 재미있단 뜻인 줄 알았으나 아니었다. 사내는 주로 로맨스나 코미디 영화를 보았다고 했다. 그러니까, 나를 골리느라 공포 영화를 봤단 소린가 싶어, 심술이 났다. 그 말을 듣고, 그에게 억울한 마음을 들이부으려 안달이 났다가 그의 시린 눈을 들여다보니 금세 마음이 허물어졌다. 큰일이었다. 사금파리 같은 생채기가 유독 많던 눈이라 어쩔 수 없었다. 이유라도 좀 듣다 보면 억울한 마음이 좀 괜찮아질 거라는 생각에 그 이유를 물었다. 이번에도 그는 짧게 대답했다. 하지만 시시하지 않은 대답이었다.

"공포 영화는 혼자 볼 수 없잖아."

혼자서는 절대로 볼 수 없는 영화. 누군가와 함께 봐야
하는 영화. 혼자서 볼 수 없는 영화가 로맨스나 멜로가 아닌
공포 영화라는 것이 처음에는 의아했으나 가만히 생각해보니
그 말이 맞는 것 같기도 했다. 함께 보면 좋은 영화와 혼자서
볼 수 없는 영화 사이의 미묘한 차이가 느껴졌다. 마치 삶과
목숨을 구분하는 법과 비슷했다. 더 절박한 느낌이었다.

그 말을 듣자 사내가 내게 보자고 했던 영화들이 머릿
속에서 재생됐다. 징그럽고 끔찍한 장면 말고도 질끈 감은 눈
속의 암전과 당신의 웃음소리, 독하고 메케한 냄새 사이에 밴
체취가 머릿속에 속속들이 차올랐다. 몇몇 영화는 하도 끔찍
해 제목까지 잊어버리지 않았다. '이블 데드'였나, 그랬다.

그런 것들이 재생되는 동안, 코로 이국적인 음식의 냄새
가 맡아졌다. 그가 앙상하게 뜯어놓은 뼛조각들도 눈에 들어
왔다. 날 수 있는 새가, 날지 못하고 흉한 모습으로 널브러져
있었다. 바깥바람이 창을 타고 들어와 비릿한 냄새를 밀어냈
다. 사내가 좋아하는 바람. 그가 말한, 차갑지 않은 시원한 바
람이었다.

_____ 오락실
이방인

　동네마다 오락실 한두 곳쯤은 꼭 있던 때였다. 우리는
온종일 "100원만, 100원만." 했다. 몸을 부닥치며 놀기 바빴
던 아이들은 오락기 앞에 둘러앉아 손을 부지런히 움직여댔
다. 동전으로 한두 시간은 거뜬히 보낼 정도로 어렸고, 그래
서 시간을 헐값으로 쓰던 시절이었다.

　오락기 화면 안에서 부서지고 벅적거리는 요상한 캐릭
터들과, 또 그걸 바라보는 여러 뒤통수. 아이들을 이토록 무
언가에 몰입하도록 만드는 힘이란, 실로 대단했다. 한 시절
과 그 시절을 공유하는 세대의 총체가 그 안에 담겨 있는 듯
했다.

　또래 아이들은, 그런 오락으로 많은 걸 했다. 누군가를
놀리고 골려가며 우위를 따지기도, 기록을 세우고, 갈아치우
며 어떤 안도나 만족을 찾기도 했다. 오락 그 자체뿐만 아니
라, 부러움이 담긴 소박한 시선을 즐기는 것도 짜릿하니 기분
좋은 일이었다. 그렇다고 아이들의 경쟁이 무척 치열하거나
악의적인 것은 아니었다. 오락으로 뭘 해야겠다는 욕심이 없
을 때라 더 그런지도 몰랐다. 다들 미용실에서 머리를 자르고,

목욕탕에서 몸을 씻으며 공간에서 합의된 행동을 충실히 따르는 것처럼. 그렇게 아이들은 부지런히 오락을 했을 뿐이다.

오락기의 투입구엔 100원이라고 반듯하게 쓰여 있었다. 500원이나 1,000원이 들어가는 게 아니라, 딱 100원짜리만 들어갔다. 때문에, 나는 동전을 한가득 퍼주는 사람이 세상에서 제일 좋은 사람일 거라고 생각했다.

큰 액수의 종이돈은 별 의미가 없었다. 항상 훗날에 쓰여야 한다는 명분으로 내 손을 벗어나 어머니의 주머니로 들어가는 경우가 많아서 그랬다. 그래서 금액을 수가 아니라, 무게로 저울질했다. 차라리 동전을 가득 쥐고 있는 게 든든했다. 종이는 낼 수 없는 둔탁하고 쩌렁쩌렁한 동전의 마찰음이나, 쇳내와 땀내가 섞인 동전의 꼬릿한 냄새를 맡는 것만으로도 내 몸은 선명해졌다.

무엇보다 이 작은 액수의 동전이 어떤 거래를 만들고 보상을 받는다는 게 마냥 신기했다. 뭔가를 주고받아 값을 치른다는 게, 사람의 필요가 그런 값들로 충당된다는 사실이 놀라웠던 까닭이다.

그건 아주 예전부터 이어져온 거대하고 필연적인 약속처럼 느껴졌다. 지금과 별반 다르지 않은 방법으로, 지금과 비슷한 욕구로 무언가를 주고받고 값을 치렀을 사람들의 행위가 눈에 아른댔다. 그런 오래된 무엇을 대할 때면, 마음이 차분히 가라앉으면서 아마득해졌다.

오락실에 작은 변화가 생긴 건, '밀레니엄'이니, '첨단'이니 하는 말들이 이제 막 입에 들러붙을 무렵이었다. 모든 간판들은 너나 할 것 없이 유행처럼 그 문구로 덕지덕지 치장했다. 오락실도 예외는 아니었다. 해를 넘기고 서둘러 간판을 고쳐 붙여놓은 몇 곳 중 하나였다. '월드컵'이라고 적혀 있던 오락실 간판은 '밀레니엄'이라 바뀌었지만, 글자 외엔 별다른 변화가 없었다.

주인아저씨에게 밀레니엄이 도대체 무슨 뜻인지 물었다가, 천 자릿수가 교체되는 지점이라고 들었을 때 그것 참 시시한 일이라고 생각하다가도 내가 얼마를 살고 몇 번을 죽어야 하는지 셈을 해보니 그게 또 대단한 일처럼 느껴졌다.

당시엔 어느 누구나 밀레니엄이란 말을 끼니처럼 들어버릇했고, 하여 밀레니엄은 체험되는 삶보다 오히려 그 단어 자체로 더 실감이 났다. 전혀 상관이 없는데도, 그런 문구로나마 뭔가를 맞이하고 기념하고 싶은 모양이었다.

새 시대, 새 출발. 그건 아주 뜸하게 오는 새해 같은 거였다. 매번 오는 새해에도 사람들은 많은 것을 복기하고, 후회하고, 다짐했지만, 밀레니엄은 더 높은 층위에서 주도하고 부추기는 기분이었다. 밀레니엄은 개인의 말이 아니라, 세계의 말처럼 들렸다. 그래서 나는 밀레니엄이라는 말에, 무슨 행동을 취하고 어떻게 대답해야 할지 몰랐다.

* * *

어머니는 내가 오락실에 드나드는 것을 탐탁지 않게 여겼다. 어머니에겐 오락실이 어딘가 불순한 면이 있는 장소로 생각된 모양이었다. 혹여 내가 오락실에서 불량한 무엇을 배워올까 늘 걱정이었다. 그러나 나는 개의치 않고 잘만 다녔다. 하지 말아야 하는 것일수록 더 하고 싶은 심술이라기보다 하고 싶은 건 반드시 하고 보는 고집이었다.

살면서 가끔씩 꼭 해야만 하거나 필요로 하는 것들이 있는데, 그것이 단지 오락이었을 뿐이다. 어느 날 노인이 오락실에 찾아온 일도 비슷한 연유였을 것이다.

세월이 늙게 빚어낸 몸이 아니라, 전력으로 소진된 몸에 가까운 노인이었다. 유난히 새까맸고, 주름은 노인을 집어삼킬 듯 뒤덮여 있었다. 노인은 한동안 가만히 서서 물끄러미 아이들을 바라봤다. 그러다 바지춤을 괜히 흔들어대며 짤랑거리면 아이들은 바지를 주시했다.

꽤나 늘어진 주머니의 폭은 상상할 수 없는 액수의 동전이 담겨 있을 것 같았다. 그는 아이들에게 차례로 동전을 꺼내 여린 손 안으로 심어주었다.

　그게 화근이 될 줄은 몰랐다. 일제히 떼를 쓰듯 100원만 100원만 하는데, 야윈 몸으로 당해낼 재간이 없는 듯 보였다. 표정만은 줄곧 생글거렸기에, 어린 손이 드문드문 끼어들며 에워싸거나 옷을 들추거나 하는 것을 보면 베풀고 있는 것이 아니라 기분 좋게 갈취를 당하고 있는 사람처럼 보였다. 늙을 대로 늙은 누군가가 오락실에 들어온다는 게 이렇게 아릿한 일인지는 몰랐으나, 확실히 둘의 부조화는 슬픈 기색을 지니고 있었다.

　아이들은 그렇게 받아간 동전들로 열심히 오락기를 두드렸다. 잃으면 또다시 와서 조르고, 그러면 노인은 다시 동전 몇 닢을 손에 쥐여주었다. 작정을 하고 온 모양인지 주머니에선 동전이 마를 기미가 없어 보였다.

　하지만 노인은 돈을 건네기만 할 뿐, 별다른 행동을 취하지 않았다. 물론 오락도 하지 않았다. 자기가 이곳에 온 이유가 오직 이렇게 돈을 나눠주기 위해서라는 듯. 그는 돈을 주는 것 외엔 어떤 일에도 관심이 없는 사람 같았다.

　오락실은 늘 참견이 많은 공간이었는데, 그는 단 한 번도 옆에서 거드는 적이 없었다. 요란스러운 행동과 표정, 산만하게 움직여대는 기계의 화면들만 지긋이 바라볼 뿐이었다.

이미지

알다가도 모를
수수께끼 같은
말

그날은, 실내조명보다 창으로 드는 볕이 더 눈부실 정도로 날이 밝았다. 빛이 유독 밝고 좋아, 평소 보이지 않던 것들이 눈에 잘 들어왔다. 그 빛에 기대어, 오락실 곳곳의 흔적들과 나른하게 부유하는 먼지들이 보였다. 그렇게 먼지와 뒤엉켜 있는 노인의 모습은, 무척 오래된 사진처럼 느껴졌다.

* * *

"너도 가서 해라."

노인이 내게 다가와 처음 한 말이었다. 그곳에서 나는 유일하게 돈을 받지 않은 아이였고, 오락을 하지 않은 아이였다. 그에게 행동을 부추기고, 말을 트이게 한 건 다름 아닌 나의 소극적인 태도였다.

노인은 단단하고 무덤덤한 손짓으로 어서 하라고 동전을 내게 밀어주었지만, 나는 한사코 받지 않았다. 낯선 이에 대한 경계가 아니었다. 노인의 돈을 받으면 무엇인가 손을 타고 흘러들어와 전염될 것만 같았다.

노인은 별 수 없다는 식으로 내 앞에서 보란 듯이 오락기에 동전을 밀어 넣었다. 손동작이 무척이나 둔했다. 제 몸에서 난 손가락임에도 생동하지 못하는 게, 뿌리를 잘못 옮겨 심은 식물 같았다.

누구도 노인이 오락하는 것을 참견하거나 힐끔거리지

않았다. 부지런히 손을 움직여도 무언갈 하고 있는 느낌이 아니라 단순히 버튼을 두드리는 시늉으로밖에 보이질 않아 더 그런 듯했다.

더욱이 노인의 팔뚝 한쪽은 심하게 일그러져 있었다. 평생 자신을 마중 나올 사연 하나와 더불어 밤마다 달래주었을지도 모를 흔적이었다. 나는 그 앞에서 멀뚱히, 얼굴과 손, 오락기를 번갈아 쳐다봤다.

그가 오락을 하고 있는 동안에도, 아이들은 쉴 새 없이 노인에게 다가와 동전을 졸랐다. "100원만요, 100원만." 맨 처음 그가 들어섰을 때 간곡한 표정으로 사정하던 것과 달리, 아이들의 표정은 조금 더 노골적이고 태연하게 변해 있었다.

노인은 그런 표정엔 신경 쓰지 않았다. 내미는 손마다 일일이 동전을 챙겨 돌려보냈다. 그렇게 얼마간 동전을 더 넣기도, 주기도 했다. 차츰 바지춤의 짤랑거리던 소리도 줄었고, 그러다 결국 멎었다.

그는 쥐고 있던 동전 몇 닢을 무작정 내 앞에 던져놓았다. 알아서 하란 뜻이었다. 수중에 있던 돈을 다 쏟아놓은 그는, 그대로 자리에서 일어났다. 동전이 무해한 표정으로 반짝였다.

나는 차마 손댈 수가 없었다. 어떤 이유에서인지 모르

겠지만, 가지면 안 될 것 같은 기분이 들었다. 나조차도 알 수 없는 자제력이었다. 대뜸 누가 나서서 말리는 것보다 더 일방적이고 난데없는 감정이었다.

그가 천천히 자리를 뜨는 동안에도, 아이들은 열심히 오락기를 눌러가며 들떠 있었다. 누군가 기록을 경신하고 있는 모양이었다. 어느 아이도 그를 따라나서지는 않았다.

내가 그날, 그 순간 왜 그런 이질적인 기운에 사로잡혔는지 이해할 수 없었다. 전염되거나 홀린 사람처럼, 며칠간 그 장면을 잊지 못했던 건 그 때문이었다. 노인이 내 몸속에서 긴 유랑을 하는 것 같았다. 그것은 정확히 설명할 수 없는 감정이었다.

내가 아는 감정을 조금씩 떼어 섞고, 주무르고, 이리저리 포개 보아야 그나마 어렴풋이 이해할 것 같은 난해한 감정이었다. 말로 어떤 장면이 충분히 해석되지 않을 때가 있다는 걸, 그때 처음 알았다.

그 노인은 오락실에서 무얼 하고 싶었던 걸까. 단지, 돈을 나눠 주고 싶었던 걸까. 아이들이 오락으로 한 시절을 봉제하려 할 때, 노인은 아이들에게서 한 시절을 발견하고 복기하고 싶었던 걸까. 그래서 그렇게 부추기듯 돈을 심어주었던 걸까.

　한 시절을 붙박는 건 참으로 쉽다. 그런데 그때, 그 순간, 그 시절을 상기하는 것은 왜 이렇게 어렵고 아득하게 느껴질까. 아마, 내가 그 당시 느꼈던 감정은 그런 게 아니었을까. 삶을 되돌아 추스르려는 자와 이제 막 나아가려는 자의 거리. 그 격차와 수심에 얼이 빠져 있던 걸지도 모른다.

_____ 제가 너무
아파서요

지하철은 어느 포악한 짐승의 내장 기관 아닐까, 하고 생각한 적이 있다. 음식이 소화 기관을 타고 식도, 위, 소장을 거쳐 가는 동안 으깨지고 부서지면서. 각각의 기관으로 흘러 들거나 배출되기도 하면서.

생전 처음 듣지만 중요한 기능을 하는 성분과 있으나 마나 한 성분들까지도 실어 나르는 내장 기관들의 단합. 살아 있게끔 만드는 움직임. 살아가도록 부추기는 난해한 활달함 같은 것이, 분주히 회전하는 지하철에서 종종 느껴졌다.

지하철은 지하면서도 환했다. 마치, 백야 같았다. 사람들은 끊임없이 이동하거나 멈추거나, 배회하거나 가야 할 곳을 몰라 누군가에게 물어가며 공간을 돌아다녔다. 제각기 사연 있는 행동들. 그것은 정말 각자의 사연이라 다른 사람은 이해할 수 없는. 하지만 너무 똑같은 이유로 벌어지고 있는지도 모를 행동들을 하나하나 풀어가고 있었다.

곳곳에 보이는 성형외과 광고판 속 모델들은 아주 좋은 인상으로, 모든 일은 결국 인상이 좌우한다고 설득하듯, 부드럽고 품위 있는 낯빛을 하고 있었다.

알다가도 모를
수수께끼 같은
말

121

굽이 닳은 구두를 신고 가다 그만 균형을 잃고 둔부를 크게 찧어버린 노인도 있었고, 그 노인이 찧은 충격으로 참고 있던 오줌보가 터져 구린내를 풍기자 슬금슬금 자리를 피하는 사람들도 있었다. 후라보노 껌을 파는 사람도.

쫓기듯 먹는 정도가 아니라 누군가에게 약탈이라도 당할까 봐 허겁지겁 먹는 사람도. 또 그 사람을 허기가 가득 밴 눈으로 거슬린다는 듯 쳐다보는 사람도 있었다. 그러한 사연들 사이로 사람들은 쉴 새 없이 어디론가 출발하고 도착했다. 이 모든 사연의 총체가 지하철 안에서, 규격에 따라 어지럽게 부유하고 있었다.

끊임없이 도착하고 출발하는 사람들만큼, 무언가를 팔고 사는 사람들도 많았다. 언제나 사람들이 활발하게 교류하는 곳은 장터가 되기에 충분하니까. 사람들은 다양한 방식으로 물건을 팔았다.

그중 너무 자주 사용하고, 닳고, 잃어버려 습관처럼 사게 되는 생필품들이 있었다. 딱히 비싼 값을 주고 사본 적이 없는 물건들. 양말이나, 머리핀, 머리끈 같은 것들이 그랬다. 기막힌 재치가 없어도 좌판을 벌려놓으면, 사소한 물건들을 그만큼 사소한 이유로 잘 사갔다. 밤이나 고구마 따위를 파는 사람들도 있었고, 그냥 식혜가 아닌 호박식혜를 파는 사람도 있었다.

　대부분 종이 박스의 덮개 부분을 뜯어내 자신이 파는 물건의 자랑이라 할 만한 뭔가를 적어 팔았다. 자랑이 될 만한 것이 있을까 싶은 물건들도 어김없이 뻔뻔하게 자신을 뽐냈다. 이를테면, 고무줄이 엄청 질기다든가 무엇이든 잘 뽑는 장도리같이 말이다. 그마저도 안 되면, 무조건 싸다고 흥정했다. "오늘만 이 가격에 판다." "어딜 가도 이 값 주고는 못 산다." 같은 소리를 입맛 좋게 내며, 일생일대의 기회를 놓쳐버린 미련한 기분이 들도록 부추겼다.

　그래서 가끔 물건을 사는 사람들을 보면 '혹시 욱하는 성질머리로 물건을 사 버릇하는 게 아닐까.' 싶을 정도였다. 물건들은 보통 그렇게 팔렸다. 가끔 인정으로 파는 사람들이 있긴 했으나, 여간해서 그렇지 않았다. 팔려야 할 것들은 어김없이 팔려야 할 것답게 제각기의 사연으로 충실히 팔렸다.

* * *

　언젠가, 그 지하철 화장실에서 기이한 광경을 본 적이 있다. 이해할 수 없고 설명하기조차 불가능한 행동이었다. 그것은 한 사람이 자신의 얼굴을 할퀴며 자해하는 모습이었다. 핼쑥한 차림에, 날 선 손톱으로 연신 자기 볼을 꼬집었다. 꼬집은 자리마다 살이 붉게 패였고, 금세 피가 고였다. 뜯어말리고 싶었지만, 무언갈 단단히 작정한 사람의 얼굴빛을 띠고 있었고, 더구나 무서웠다.

그는 몇 차례 꼬집고 숨 돌리기를 반복했다. 얼굴을 거의 쥐어뜯다시피 양손으로 얼굴을 세게 움켜쥐기도 했다. 신음과 함께 "아프다, 으 아퍼."라고 말하면서도, 결코 손을 놓지는 않았다. 무엇보다 아픈 소리를 제 손으로 만들고 있다는 사실이 끔찍했다.

그 모순된 행동들 때문에 "아프다."는 말이 실감나지 않았다. 몸이 물리적인 고통에 반응해서 내는 소리가 아니라 일종의 추상적인 감처럼, 기분으로 내는 소리 같았다.

그는 손톱으로 얼마간 자신의 얼굴을 더 꼬집었다. 시간이 지나며, 점점 손톱 안쪽이 붉게 얼룩지기 시작했다. 그건 손톱으로 잰 피부의 수심 같은 거였다. 그러다 안 되겠던지, 급기야 손톱을 물어뜯어 날카롭게 다듬기까지 했다. 그 상태로 얼굴을 삐뚤빼뚤 긁기 시작했다. 피가 고인 선들이 더 깊게 그어졌다. 희한하게도 그는 제 모습에 만족한 눈치였다.

충격적이었다. 더욱이 그가 이 모든 일을 마치고 제일 먼저 들른 곳이 약국이란 사실이 나는 더욱 혼란스러웠다. 도무지 이해가 가지 않았다. 왜 그렇게까지 그는 자신을 참혹하게 만드는 걸까. 왜 자신을 해하는 일에 그토록 열중하는 것일까. 목숨을 끊겠다는 것도 아닌, 잠깐 아파보자고 하는 일을 왜 하는 걸까.

그를 다시 마주친 건 그날 저녁. 일정을 마치고 돌아오는 길이었다. 팔릴 물건들이 어떤 실용과 자극들을 자랑하며 뒤엉켜 있는 지하철에서였다. 그의 얼굴 여기저기엔 그가 손수 만들어놓은 흉과 반창고가 섞여 붙어 있었다. 한 손에 팸플릿을 든 그는, 아주 안쓰럽고 난처한 표정으로 행인들의 옷자락을 부여잡으며 말을 걸고 있었다.

뭔가를 묻고 있는 것 같긴 한데, 들어주는 사람은 없는 듯했다. 사람들에게 그는 입체적이지만 동시에 구체적이진 않은 모양이었다. 그는 지나가는 사람의 옷이나 팔을 붙잡아가며 필사적으로 말을 붙였다. 나는 그에게 다가갔다.

"저기요. 어디 가시는 거예요? 도와드릴게요."

그는 다른 사람들에게 그랬던 것처럼, 내 손목 부근을 세게 붙잡았다. 그의 손에 들린 팸플릿은 어느 관광지의 안내 책자였다. 그의 손가락이 어떤 그림을 가리키고 있어서 그곳에 가고 싶다는 뜻인 줄 알았다. 그런데, 그는 대뜸 내 팔목을 좀 더 거세게 붙들기 시작했다. 팔 안쪽으로 그의 손톱이 파고들었다. 그가 말했다.

"제가 아파요. 너무."

　그가 낮에 벌인 행동을 모두 지켜봤던 나로서는, 실감이
나지 않는 말이었다. 감정을 담은 말이 아니라, 그냥 아프다
는 뜻을 가진 말. 그뿐이었다. 모든 감정이 제거되어 너덜너
덜 표류하는 말 같았다. 내가 그 말을 듣고 마음이 선득해졌
던 건, 그가 '아프다'는 사실보다 '어째서' 아픈지를 알고 있
기 때문이었다.

　그가 손아귀에 힘을 밀어 넣을 때마다, 이 빠진 손톱이
내 손목을 긁었다. 그럴 때마다 손목에 붉게 살이 올랐다. 그
는 개의치 않고 내 손목을 더욱 세게 붙잡았다. 손의 감각이
점점 옅어졌다.
　그는 내게 돈을 요구했다가, 음식을, 마지막으로 담배를
부탁했다. 수중에 가진 것이라곤 아무것도 없었다. 그는 제발
그러지 말라며 간곡하게 내 눈을 바라봤다. 서로의 눈에 서로
의 눈이 들어왔다. 그의 눈은 바닷물에 잠긴 해초처럼 흐렸
다. 그러곤 곧 내 팔을 쥔 손목에서 서서히 힘을 뺐고, 내 손
의 감각들도 점점 기운을 차리기 시작했다.
　그가 몸을 돌리자 체구보다 한 뼘은 더 긴 바지가 바닥
을 쓸었다. 그는 다른 사람에게, 이 모든 과정을 다시 반복했

다. "제가 많이 아픕니다." 오래 씻지 않은 얼굴에는 기름이 잔뜩 껴 있고, 해진 반창고가 떨어져 나부꼈다. 그 사이로는 고인 피가 드러났다.

낮에 봤던 일련의 행동들은 아마 슬픔에도 일종의 자극이라 할 만한 것이 필요해 벌인 행동인 듯싶었다. 흉이 그의 많은 부분을 대변해줄 수 있다고 믿었던 것도 같았다. 그렇다고 그가 결코 교활해 보인 것은 아니었다. 그것은 단지, 불가피하게 내놓은 어떤 대답처럼 느껴졌다.

허나 이 모든 불편함은 사람들을 만족시키지 못하는 것 같았다. *그*가 걸음을 옮길 때마다 사람들이 기피하며 뒷걸음질을 쳤다. 점차 그를 중심으로 빈 공간이, 길이 만들어졌다. 마치, 술에 잔뜩 취해 방향 감각을 잃은 사람이 기댈 곳을 더듬는 모습처럼 위태로워 보였다.

지하철 안. 그의 주위로 무엇을 사고파는 사람들끼리 나누는 흥정의 말들이 새어 나오고 있었다. 그들은 손으로 물건을 가리켰고, 값을 가리켰다. 어디에 쓰이는지, 얼마나 유용한지, 다시는 볼 수 없는 가격이란 말까지도 얹어가면서.

그는 그 말 속에 묻혀 끊임없이 사람과 사람 사이를 휩쓸리며 오갔다. 그의 손가락은 제일 먼저 팸플릿을 가리켰고, 그다음엔 상처를 가리켰다. 얼마나 아픈지, 자신의 처지가 어

떠한지, 지금 자신에게 필요한 게 무엇이라는 말까지 얹어가
면서.

* * *

밖은 이미 해가 져 있었다. 어두컴컴한 밖은, 지하보다
더 지하 같은 느낌을 줬다. 그가 내게 보였던 모든 행동들은
금방 사라지지 않고, 내 몸 안쪽으로 질긴 농처럼 고였다. 이
렇게 불현듯 몸속으로 어떠한 감정이 차오를 때면, 언제나 불
안하고 무력해지는 기분이었다.

바람이 많이 불었다. 가을바람이라 그런지, 몸에 오돌토
돌 소름이 돋았다. 몇몇 사람은 오카리나 불듯 손을 모아 입
바람을 불어넣고 있었다. 이상하게, 지하철이나 역처럼 움직
임이 많은 공간에선 가만히 서 있기만 해도 몸이 빨리 소진
되는 듯했다.

쉽게 피로해지고 감각이 무뎌졌다. 내 몸이 내 몸 같지
않게 느껴졌다. 사람이 바글거리는 모습만 봐도 약간의 홍분
과 알 수 없는 설렘에 몸이 들뜬 적도 있었는데, 이제는 그렇
지 않았다. 사람 관계란 게 썩 쉬운 일이 아님을 깨닫게 되면
서, 어느 사이엔가 사람과 사람의 만남이 소모적인 일이 되면
서부터 그랬다. 그래서 몸이 반사적으로 반응하는 걸지도 몰
랐다.

각종 소음이 귓가로 달려들었다. 의미 없는 수다와 값을 묻고 재는 말들이 두서없이 이어졌다. 그 말 사이로, 그가 내게 했던 말들이 차츰 떠오르기 시작했다. "아파요, 아파." 아프다는 말.

　　그 말이 이토록 혼란스럽게 들렸던 적은 처음이었다. 손톱이 피부 속으로 깊게 들어갈 때, 피가 손톱 안쪽에 얼룩을 만들기 시작했을 때, 그리고 그 모든 모습을 일일이 거울에 비춰가며 바라보다 문득 이 모든 상황이 이해가 되지 않을 때, 그는 어떤 심정이었을까.

　　그가 붙잡았던 내 팔목에, 붉게 물든 살갗이 보였다. 따갑고 쓰라린, 그가 자신의 얼굴에 새겼던 그 자국이었다. 아프다고 하기에는 어딘가 조금 부족한 상처였다. 하지만, 그것이 어떻게 내 마음을 이리도 어질러놓았는지 알 수 없었다.

　　정말, 이해할 수 없었다.

3장

마음으로
듣는
진심

안 괜찮아도
괜찮아

모든 냄새를 찐득하게 뭉개버릴 정도로 긴 더위였다. 시원한 물 한 병을 들고 다니며 수시로 목을 축였다. 계절에 맞선다는 느낌이었다. 흘려보내는 것이 아니라 뚫고 관통하려는 것 같았다.

오랜만에 맞이한 연휴라, 모처럼 집에서 시간을 보냈다. 몸은 더위에 싯이겨지기라도 한 듯 너덜너덜했고, 그 상태로 누워 종일 일어날 생각을 하지 않았다. 도대체 정신없는 더위였다. 온몸에서 체액이 흘러내리고 있었다. 어머니는 그 더위 속에서도, "시원하다."는 말을 자주 반복했다. "이게 뭐가 덥다고 그러냐." "이 정도도 못 참으면 나중엔 어쩌려고 그러냐." 등줄기로 땀이 흥건하게 흘러내리면서도, 그렇게 말했다.

어머니는 늘 상황에 맞지 않는 말을 골라 했다. 더위나 추위, 꼭 계절에 관한 게 아니더라도 일반적인 범주에 맞지 않는 말을 했다. 꼭 자신에게 거는 최면같이, 어머니에겐 그런 말들이 있었다.

어쩌면 말이 갖는 힘을 과신하는 걸지도 몰랐다. 말에 바람을 담아 자꾸 입 밖으로 꺼내다 보면 정말 그렇게 될지도 모른다는, 말의 실행력을 믿는 사람. 평소 어머니는 말이나 사람이나 뭐든 안 가리고 잘 믿는 편이었다. 어머니에게는 나도 잘 알지 못하는, 어떤 낙천이 있었다.

어머니에겐 불명확한 낙천 말고도, 내가 알지 못하는 말이나 행동 같은 게 여럿 있었다. 언젠가, 나는 어머니가 단 한 번도 소리 내어 울지 않았다는 사실에 생경해진 적이 있었다. 울 일이야 차고 넘쳤겠지만, 우는 모습을 내보인 적이 그리 많지 않았다는 뜻이다.

어머니는 항상 숨죽인 채 아주 조용하게 울었다. 차분한 울음은 늘 나를 불편하게 만들었다. 울음이라는 것을 확인하는 데 귀를 기울이기보다 외양을 주시했던 것은 그 때문이었다. 양쪽 어깨가 얼굴 앞쪽으로 많이 수그러져 있다는 것과 숨을 자주 바쁘게 들이켠다는 사실이었다.

울음은 소리보다 운동으로 체감되는 것이 더 많았다. 쏟는다기보다 적막한 곳에서 애타게 부르거나 한 음절씩 흘려보내는 것 같았다. 말들은 딱딱한 형상으로 굳지 못하고 입안에서 용해되어 녹아내렸다. 그렇게 모든 발음이 속으로 깊게 웅크려 있었다.

어머니는 울음으로 무언가를 쏟아내거나 비우겠다는

마음이 없어 보였다. 그것은 어머니가 울음에 지독히 박하다는 뜻이었다. 어쩌면 어머니는, 어머니여서 편히 울지 못했을 테지만. 그렇다고 시원히 못 울 일이 없었음에도 늘 그렇게 했다.

어머니는 술을 마시지 않았다. 술을 마시지 못해서 마시지 않은 건지, 아니면 마실 수는 있지만 마시고 싶지 않아서 그런 건지는 잘 몰랐다. 애초에 마시는 모습을 한 번도 본 적이 없으니까.

그러다 며칠 집에 머물면서 베란다에 몰래 늘어가는 술병을 보고 알게 되었다. 나는 그 병을 어머니가 세워놓았다는 걸 단번에 알았다. 조금씩 몰래 쟁여두고 마시는 모양이었다. 베란다 한편에는 빈 병 말고도 채 마시지 못해 술이 남은 병들이 나란히 줄지어 있었다.

나는 무엇보다, 어머니가 술병을 들키지 않으려 한 사실에 조금 화가 났지만, 매번 들키는 것이 습관인 그녀의 삶처럼 금세 내 눈에 띄었다. 나는 그것이 "어머니는 마시고 싶은데, 마시지 않았다."라는 말처럼 읽혔다.

순간 정확하지 못한 발음이 입에서 새어 나왔다. 많은 감정이 한꺼번에 몰려와 섞여 들었다. 말의 차이는 아주 단순한 데 반해, 그 말의 안감엔 감춰지고 견뎌지는 날들이 놀랍도록 차 있을 것이다. 가끔 말은 삶을 끔찍할 정도로 생략해버리고, 그런 채로 삶은 앞으로 계속 진행된다. 도대체 어머니는 왜 그랬을까.

* * *

그녀의 삶은 왜 단전된 암실 같을까. 자신의 삶이 언젠가 아름답게 인화되길 착각하며 암전을 견디고 살았지만 결코 그날이 오지는 않을 것처럼.

마모되어 군데군데 녹이 슬고 타일 몇 개가 떨어져 나가 날카로워진 맨바닥에 쭈그려 앉아 몸을 씻고, 왜 수건은 늘 새것이 아닌 누군가의 몸을 훑은 지저분한 것을 썼을까. 그녀가 좋다고 말을 하면, 세상 모든 좋다는 말들이 반칙으로 느껴졌다.

그런 그녀가 술을 마셨다. 술이란 게 꼭 마시고 싶어서만 마시는 건 아니니까. 나는 그날 그녀에게 아주 비싼 술을 선물하기로 마음먹었다. 이번엔 치사하지 않게, 정말로 '좋은' 술과 더불어 어울릴 만한 잔을 가져다놓고 가득 따라줄 것이었다. 넘치고 넘쳐, 그러다 흘러 손에 묻은 몇 모금을 당신이 훔쳐 마시지 못하도록 잘 마른 하얀 손수건까지도 준비할 작정이었다.

제 딴엔 가장 좋은 술로 골랐어도 분명 형편없을 거였지만, 삶에 인적이 드문 그녀가 마신 술은 그리 많지 않아서 그 모든 게 새로웠다. 좋은 술은 그만큼 좋은 무언가를 만들게 한다는 마음에 나는 들뜬 아이처럼 자꾸만 술병을 힐끗 들여다보았다. 이 술이 어떤 식으로든지 그녀의 마침표 같은 게 되길 바랐다.

그녀는 한 모금을 들이켜더니 일순간 환한 빛이 들이닥치기라도 한 듯 눈을 크게 떴다. 병목을 움켜쥐며, "이런 것도 술이야?" 되물었다. 자식이 아니라, 가능하다면 친구로서 오래 술을 따를 심산이었지만, 술은 금세 바닥나 버렸다. 극중에서 이도 저도 아닌, 어정쩡한 역을 맡은 배우가 된 기분이었다. 아무래도 좋다고 생각했다.

나와는 달리 취기가 올라오지 않던 그녀는 무지막지하게 술을 마셨다. 집 안의 조도가 점점 낮아졌고, 그만큼 그녀는 더욱 쓸쓸해 보였다. 경직된 얼굴의 균형을 잡으려 고개를 위로 치켜 뺐다.

테이프와 압정으로 길목을 튼, 어지럽게 엉킨 덩굴 식물이 천장의 절반을 가리고 있었다. 그녀가 하나하나 손수 심어 놓은 것이었다. 적당히 자라다가 다시 적당히 비워지는 그 식물은, 맞추고 흩어지길 되풀이하는 퍼즐 같았다. 그것은 그녀가 집의 영향에서 최대한 자유로워 보고자 한 일이었다.

"엄마, 술 되게 잘 먹네."

취한 게 아니라 배가 불러서 거의 마시길 포기하듯이 널브러진 그녀를 보고 한 말이었다. 그녀는 기분 좋게 웃고 있었다. 나는 그녀가 왜 그런 엄마여야 하는지, 탐탁지 않았다. 술은 사람을 꼭 그렇게 만든다. 괜히 눈길 한 번 더 주게 하고, 눈의 색을 좀 더 무르게 배색해버린다. "엄마, 엄마는 왜." 같은 물음을 나도 모르게 입안 가득히 물고만 있었다는 걸 알았다.

그녀는 기어코 몸을 가누지 못하는 상황까지 이르렀다. 계속 몸이 미끄러져 스스로 통제하지 못하는 와중에도 "해야 하는데, 해야 하는데."라는 말을 빼놓지 않았다. 그럴 때마다 그 말은 내 속으로 몰려들어 난처하게 질문을 해대는 것 같았다. 말의 두께가 있다면, 분명 삼키지 못할 정도로 두꺼운 그 말. 아마 평생을 소화하지 못하고 물고만 있을 그 말.

나는 그날 그녀가 한 번도 가져보지 못했을 삶의 구두점을 찍어주기로 다짐했으므로, 포근한 이불 한 장을 끌어 덮어주었다. 아주 정성껏. 그녀라서 해야 할 일은 아니었지만, 그

138

녀라면 그렇게 했을 일들을 골라 했다. 취해서 비틀거려 어딘가에 자꾸 몸을 기대거나 부딪치기도 했지만, 나는 그녀처럼 웃고 있었다. 모든 일을 마치고, 마지막으로 베란다에 줄지어선 술병을 전부 치웠다. 그러곤 근사한 새 술병으로 바꾸어 세워놓았다.

그날, 나는 늦게까지 자느라 온몸이 늘어졌다. 기분 좋은 냄새가 사방을 감쌌다. 맡아서 좋은 냄새와 먹을 수 있어서 좋은 냄새가 있는데, 그 두 가지의 향이 동시에 사방에서 들어오고 있었다. 그녀는 내가 마련한 술자리가 좋아서 보답이랍시고 이른 아침부터 속을 달래줄 음식을 요리했고, 내가 미처 널어놓지 못한 옷가지들을 불편한 자세로 널고 있었다.

그 냄새가 나를 아프게 후려쳤다.

결국 나는 무기력한 아들, 그뿐이었다. 그녀의 삶은 왜 아직도 궤도에 진입하지 못한 채 불안전한 요동처럼 느껴지는 것일까. 삶에 관한 불확실한 은유는 많은데, 정작 그 삶은 어떤 기미도 없어 보이는 걸까. 그녀는 늦은 시간까지 마시고도 이른 새벽에 일어나 음식을 차렸다.

그녀는 어제 그 술이 얼마나 좋았던지, 이것저것 캐묻기 시작했다. 나는 최대한 큰 동작을 취해 보이며, 얼마나 좋은 술인지 기쁘게 말했다. 으스대고 싶은 마음이 아니라, 그런 술이 그녀에게 얼마나 잘 어울렸는지를 알려주고 싶어서였다. 그녀는 손사래를 치며, "에이, 그런 건 한 번이면 됐다. 두 번 마시면 괜히 속이 불편할 것 같아."라고 말했다. 어머니, 어머니는 왜 늘 그런 식이지.

"그러고 보니, 그 병 너무 예뻐서 뭐 좀 담아 키우면 좋을 것 같아."

나는 술이 아니라, 그녀에게 근사한 퍼즐을 선물한 기분이 들었다.

"응, 진짜 예쁠 것 같아. 정말 보기 좋을 것 같아."

_____ 가끔은
혼자만 알고 싶으니까

오래전 우리 집은 어지러운 골목 사이에 어정쩡하게 놓
여 있었다. 길이 아닌데 누군가의 걸음으로, 서두름으로 자꾸
밟아 버릇해 민둥해진 지름길같이. 우리 집은, 집이 아닌 곳
에 집처럼 서 있었다. 길은 서로 엎치락뒤치락 흩어졌다 모아
졌다 하며 두서없이 이어졌다. 그런 체계는 골목을 골목답게
만들어주는 중요한 요소였다. 골목은 바른 게 없었고, 차례가
없었다.

다만, 골목은 특유의 어떤 질감, 명도, 양감 같은 걸 지니
고 있었다. 어쩌면 그것은 가난이라든가 하는 어느 처지의 양
식일지도 몰랐다. 이 골목 안으로 들어오는 사람들 중 소위
때깔이 좋다거나 맵시가 산다는 말을 들을 만한 사람이 없기
때문이었다.

이따금씩, 까무잡잡한 정장을 쫙 빼입은 우락한 사내들
이 우르르 몰려들거나, 매번 오는 철마다 특정 주기로 괜찮은
사람들이 들렀다 가기도 했지만, 어쨌든 모두 이곳에 사는 사
람 같진 않아 보였다. 그들은 자주 헤맸고 어색해했다.

가로등은 골목을 따라 군데군데 성글게 박혀 있었다. 그
곳은 지대가 가팔랐다. 집이나 가로등 할 것 없이 모든 게 간

신히 매달려 있는 듯한 인상을 줬다. 사는 사람들은 여전히 살고, 살지 않는 사람은 몇 번씩 들렀다 갔다. 골목은 열기도 빛도 금방 가셨고, 때문에 쉽게 지루해졌다.

이 지루한 형체들을 지루하지 않게 바라보는 것이 내가 제일 잘하는 일이었다. 나는 온갖 것들이 꽉꽉 구겨져 있는 다락에서 구부러진 자세로 오래 그것들을 내려다보곤 했다.

다락은 우리 집처럼 방이 아닌 곳에 방처럼 놓여 있었다. 은밀한 공모를 꾸미거나, 밀담을 늘어놓기에 좋은 곳이었지만, 너무 노골적으로 드러난 탓에 불쾌하고 심지어 가엾기까지 한 방이었다.

가구는 하나도 없었다. 쌓아두거나 숨겨둬야 할 것들만 전부 그곳으로 몰렸다. 오래 쟁여두고 먹어야 할 장아찌라든가, 철 지난 물건들이 교대로 들어왔다 나갔다. 그런 방을 나는 시도 때도 없이 들락날락 거렸다. 주로 아버지나 어머니의 야단, 매를 피해 들어간 것이긴 했지만.

다락은 내 응석 말고도 어머니와 아버지의 우환 같은 것도 들어주어야 했다. 듣기 싫은 말을 피해 쫓겨 온 나와 달리, 아버지와 어머니는 누군가에게 들려줄 말이 못 돼 그곳에 들어가 말을 숨겼다.

나는 피신의 말이, 어머니와 아버지는 기피의 말들이 많앗다. 꺼낼 때 꺼내고, 둘 때 둘 줄 아는 일은 항상 어른들의 몫이었다. 하여 입속에서 풀려나간 말들, 썩고 부패해가는 말들이 다락에 넘쳤다. 아름답지 않은 한숨 섞인 말과 내 것이 아니었으면 하는 말, 가져가고 싶지 않은 말들이 버려지지 않고 그대로 다락 안에 쌓였다.

어쩌면 다락이 많은 걸 보고 들어줬음에도 방 중에서 유일하게 사람 냄새가 나지 않았던 건, 전부 그 말들 때문인지도 몰랐다. 애원하는 말에 하도 질려서 풍기는 거절의 냄새. 이골이 나 진저리를 치는 냄새. 그런 말이 풍기는 냄새는 강렬했다.

주유 냄새나 퀴퀴한 딘내와 같이 탈취가 필요한 냄새와 비슷했다. 악몽을 오랫동안 발효시켜 만든 냄새 같기도 했다. 컴컴하고 아주 고요하며 습한 냄새. 사람으로 따지자면 장기에 가까운 부위였다. 무엇을 쌓아 묵히고 소화할 때 자연적으로 발생하는 냄새처럼. 볕이 잘 들지 않는 다락에는 쇠약한 냄새와 습기가 가득 고여 있었다. 그리고 나는 그 습기와 냄새를 끊임없이 먹고 묻혀가며 부지런히 자랐다.

다락 한켠에는 몇 종류의 테이프가 가득 쌓여 있었는데, 아버지가 꽤 귀하게 여기던 물건이었다. 아버지는 영사 기사였다. 내가 태어나기 전부터 줄곧 그 일을 해오셨다. 그 일에 자부가 대단해서 스스로 "예술 하는 사람이다."라고 말할 때가 많았다. 기껏해야 필름을 영사기에 연결하고 가동하는 일이었지만, '영화'라는 한 범주에 속해 있다는 사실만으로 자신만 의식하게 되는 어떤 소속감 같은 게 있었다.

동네에는 내 또래가 없었고, 유독 자의식이 강한 아버지와 어울려줄 사람도 없었다. 그 탓에 아버지는 나를 데리고 자주 극장에 갔다. 극장은 커다란 목욕탕과 비슷했다. 외벽은 온통 흰색으로 뒤덮여 단정해 보였으나, 지금처럼 세련된 건 아니었다. 색으로 가리지 못한 투박하고 거친 면이 먼 과거의 느낌을 자아냈다.

극장에는 유독 노인들이 많았다. 그 노인들은 추태 부리길 좋아했다. 서슴없이 욕을 하고 말도 걸고, 만져댔다. 누군가 몇 번씩 주의를 주기도 했지만 소용없었다. 마치, 표준이란 범주에서 제외된 사람들 같았다. 노인들만 보는, 그중 절반은 딴짓하는 영화관에서 아버지는 열심히 기사 일을 했다.

아버지는 노인들밖에 안 오는 작은 영화관에서도 예의를 중시했다. 상영하기 5분 전에 입장, 음식물 섭취 금지 같은 말들을 강조했다. 당연히 그런 게 지켜질 리 없었다. 딱히 통제하지 않는 영화관에서 입장 시간은 아무런 의미가 없었다. 수시로 드나들고 잡담을 나누고 음식을 먹었다.

아버지는 영사실 안에서 이 모든 광경을 묵묵히 지켜만 봤다. 나서서 주의를 주지도 않았다. 그들이 들어줄 리도 없거니와 자신이 말하는 것조차 몇몇 시청하는 관객들에게 방해가 될지도 모른다고 생각했기 때문이었다.

관객들이 스크린을 보듯, 아버지는 온종일 관객들의 뒤통수만 봤다. 옆으로 고개를 돌리거나, 입으로 음식을 가져갈 때 움직이는 머리들 말고도, 일직선으로 꼿꼿이 정면을 응시하는 몇몇 뒤통수들이 있었다. 무언가에 열중하기 시작할 때 무신경해지는 자연스런 태도. 그 반듯하고 무심한 뒤통수는, 아버지를 외롭지 않게 만들었다. 그것은 아버지가 일하면서 유일하게 보람을 느끼는 장면 중 하나였다.

하지만, 그 보람은 얼마 가지 않았다. 일이 질려버린 건 아니었다. 다만, 그 뒤통수가 전부 거짓말이었다는 것을 알아차렸기 때문이었다. 그들이 딱히 거짓말을 한 것은 아니었으나, 멋대로 위안을 받은 아버지는 왠지 모를 배신감을 느낀 듯했다.

한 노인이, 상영 시간이 한참 지나고서야 뒷문을 벌컥 열고 들어온 적이 있었다. 흔한 일이었다. 그리고 보통 늦게 입장할 경우, 근처 남는 자리를 찾아 앉는 것이 예의였다. 허나 그 노인은 바로 자리에 앉지 않았다. 술에 얼큰하게 취한 듯, 몸을 잘 가누지 못했다. 그렇게 얼마간 비틀대다 영사실 앞쪽으로 서서히 다가왔다.

영사실 안, 아버지와 나는 불안하게 그를 주시하고 있었다. 아버지는 얼른 앉으라는 신호로 영사실의 앞창을 가볍게 툭툭 쳤다. 소용없었다. 영사기 앞쪽으로 노인의 몸체가 서서히 들어차기 시작했다. 마치, 일식처럼 얼굴과 어깨의 그림자가 스크린을 가렸다.

아버지는 다시 한 번 툭툭 앞창을 쳤다. 그러자 노인은 창 쪽으로 몸을 돌려 아버지를 바라봤다. 아버지는 난감한 표정으로 노인에게 손을 휘저었다. 어서, 자리에 앉으라는 뜻이었다. 아버지는 몇몇 관객들에게 폐가 될까 조바심이 난 모양이었다.

그러나 이상한 건, 그렇게 몇 분이나 스크린이 가려졌는데도 그 누구도 뒤를 돌아보거나 하지 않았다는 점이었다. 옆얼굴은 그대로 옆얼굴을 하고 있었고, 뭔가를 먹으며 고개를 끄덕이는 사람들 역시 그랬다. 심지어 반듯하고 무신경한 뒤통수까지도 줄곧 정면을 응시했다.

아버지는 그때 깨달았다. 누구도 이 영화를 보고 있지 않다고. 뒤통수는 그냥 뒤통수일 뿐이었다고. 봐도 그만, 안 봐도 그만인 영화를, 자신은 틀고 있는 중이었다고.

아버지는 서부극 영화를 특히 좋아했다. 서부극은 일일 드라마처럼 뻔한 레퍼토리를 가지고도 의외로 생명력이 긴 장르였다. 아버지는 그런 서부극과 닮은 구석이 있었다. 주인공이 늘 떠도는 방랑자라는 점에서였다.

아버지는 좀처럼 집에 있는 경우가 없었다. 집과 거리가 먼 사람이었다. 어머니가 나를 먹이고, 재우고, 키우고 하는 것에 아버지는 관심을 두지 않았다. 밖에서 책을 읽고, 테이프를 사고, 억병으로 술을 마신 뒤 집에 들어와 늘어지게 잠을 자는 게 전부였다.

아버지는 생계에 관한 감각이 무딘 사람이었다. 아니, 무뎠기보다 필요하지 않은 쪽에 더 가까웠다. 그러한 감각들을 어머니가 전부 갖고 있었기 때문이었다.

어머니가 그런 감각을 가지고 있어서, 아버지가 어머니를 만난 것은 아닐 것이다. 어머니 역시 그런 감각을 애초에 가지고 있던 것도 아니었을 것이다. 다만, 아버지는 자신이 애호하는 감각들에 의존하고 연장했다면, 어머니는 억척스레 터득한 쪽에 가까웠다.

* * *

나는 아직까지 누군가의 삶이 일방적으로 누군가의 생계가 되길 원한다는 말만큼 슬픈 말을 들어본 적이 없다. 어머니는 일거리를 손에 놓지 않았다. 그것은 아버지도 마찬가지였다. 두 분의 손엔 항상 해야 할 일거리들이 들려 있었다. 아버지는 필름과 테이프였고, 어머니는 세제와 그릇, 바늘과 옷감이었다.

하지만 그건 여러모로 달라 보였다. 왜냐하면, 아버지는 자신의 일을 소명으로 했고 어머니는 자신의 팔자대로 했다. 아버지는 일을 질려할 때가 종종 있었지만, 싫어하지는 않았다. 반대로 어머니는 일을 싫어했지만, 도대체 질려하는 기색이 없었다. 묵묵히 "기구한 팔자라는 게 정말 몸 안에 눌어붙어 떨어지지가 않는가보다." 체념해가며.

어머니는 정의를 가장한 아버지의 무능을 이해해주는 유일한 사람이었다. 아버지를 소명이 있는 사람, 나보다 한참은 배운 사람, 다만 운이 좋지 않아 크게 되지는 못한 사람이라고 믿었다. 그리고 참 좋은 사람이라고도.

어머니는 집의 중력을 가장 많이 견뎠다. 나는 그런 어머니가, 가끔씩 막되고 척박한 지대에 홀로 남겨진 조난자처럼 보여 미안했다. 어머니는 집 밖을 잘 나서지 않았다. 내가 또래의 친구가 없듯, 어머니도 그랬다.

나는 어머니가 가족 말고 누군가와 말을 나누는 걸 거의 본 적이 없었다. 어머니는 자신의 말이 메아리가 되어 돌아오는 걸 어색해했다. 집에서 말이 아니라 신호를 들어 버릇해 더 그랬다. 음식이 데워지는 소리, 무언가 끓는 소리 같은 것들.

그러던 어느 날, 어머니는 대뜸 내게 어딜 좀 가자고 거들었다. 중력에 하도 눌려 튕겨져 버린 걸지도 몰랐다. 어머니는 민얼굴에 뭔가를 바르기도 하고 칠하기도 했다. 어머니의 얼굴에 색이 입혀지는 건 좀처럼 보지 못한 광경이었다. 이것저것을 몸에 대보고, 그러다 살집을 손으로 몇 번씩 잡아보고, 숨도 들이쉬고 뱉어가며 태가 드러나는 옷을 골랐다. 어떤 양식과 규격에서 벗어나기 위해, 소위 "맵시 좋다."라는 말을 들어도 괜찮을 법한 옷차림을 감각대로 집어 입었다.

어머니는 골목을 천천히 신중히 내려갔다. 경사를 내려가는 일은 올라오는 일보다 더 고됐다. 구두의 좁은 밑면이 바닥과 만나면서 짧고 둔탁한 소리가 경쾌하게 들렸다. 어머니는 자신의 차림새를 조금 어색해했지만, 그걸 신경 쓰고 싶지 않은 눈치였다. 개의치 않는다는 식으로, 자연스럽고 부드럽게 소화하려고 애썼다.

이가 빠진 계단을 내려오면서도 종종 계단을 보지 않고 정면을 쳐다봤다. 모든 게 반쯤 기울어 위태롭게 매달린 정물들 사이로, 어머니는 경사를 따르지 않고 꼿꼿이 서 있었다.

지대가 낮아지면서 바람은 더 시원찮아졌다. 내가 꼭 쥐고 내려온 탓에, 어머니의 검지와 중지 두 손가락은 물기에 흠뻑 젖어 있었다. 골목을 내려와 제일 먼저 어머니는 박카스 한 병을 사 마셨다. 박카스는 어떤 맛일까, 늘 궁금했다.

어머니는 그 맛을, 어린애에게 좋지 않은 성분의 맛이 난다고만 설명했다. 어머니는 그걸 버릇처럼 마셨다. 그래서 나는 박카스가 술인 줄 알았다.

어머니가 나를 데려간 곳은 근처 초등학교였다. 내 또래의 아이들이 그렇게 무더기로 모여 있는 걸 본 건 처음이었다. 저들끼리 만든 모래 먼지를 몸에 묻혀가며 열심히 뜀박질을 하고 있었다. 누군가는 동전을 흘리고, 누군가는 그걸 줍고. 오락을 하거나 구경하고. 참견도 걸고. 그 번잡스러움은 차례가 없고, 규칙이 없는 골목과 사뭇 닮아 보였다. 그래서 싫지 않았다. 오히려, 그런 분주함이 매혹적으로 다가오기까지 했다.

어머니는 손으로 자주 입을 가렸다. 아이들의 풋내가 일으키는 매운 먼지바람이 얼굴로 달려들었기 때문이었다. 어머니는 여전히 아무 말도 하지 않았다.

나는 아무 말 없는 어머니의 손을 꼭 쥐고 있었다. 어머니가 나를 어디로 데려가는 걸까 궁금했어도, 왜 이곳으로 데려왔는지는 알 수 없었다. 어머니도, 나도 그냥 이 모든 풍경을 한동안 넋 놓고 바라봤다. 그러기를 잠깐, 어머니가 내게 말했다.

"이렇게 친구들 많은 건 처음 보지? 너도 조금만 크면 아버지 따라 영화관은 그만 다니고 저런 데 다니면서 친구들이랑 어울릴 거다. 저기 가면 공부를 열심히 해야 돼. 꼭."

어머니는 이 말을 하려고, 이 먼 곳까지 길을 물어가며 온 걸까. 또래라는, 어딘가 동종의 느낌을 주는 그 단어를 고스란히 이해시키고 싶었던 걸까.

애들이 발길질해서 일어난 모래 먼지가, 바람을 타고, 부유하는 말을 타고 연신 불어대 어머니의 얼굴과 내 머리에 누렇게 뜬 톱밥처럼 내려앉았다. 어머니는 자신의 얼굴과 내 머리칼을 번갈아 털면서도, 옷 주름 사이에 엉겨 붙은 먼지들은 고대로 두었다. 뭔가가 몸에 묻고, 붙어도 잘 닦아내지 않는 것은 평소 버릇이었다.

문구점 앞에선 물을 절반쯤 채운 대야에 동력 보트를 둥둥 띄워놓고 있었다. 별사탕같이 생긴 태엽을 감으면 천천히 물 위를 유영하는 보트모형이었다. 보트는 똑바로 서지 못했다. 태반이 뒤집어져 물에 잠겼다. 나는 그중 주황색 보트를 하나 집어 태엽을 감기 시작했다. 끼릭 끼릭, 보트의 마디

마디가 걸리는 소리를 냈다. 보트는 영 싱겁게 움직였다. 속도가 나지 않아 보트 뒤로 물결이 옅게 풀어졌다.

어머니와 나는 아는 길과 모르는 길을 얼추 짐작해가며 집으로 돌아왔다. 내 손에는 어머니의 손가락 대신 주황색 동력 보트가 쥐어져 있었다.

우리는 이곳에 사는 사람답게 헤매거나 어색해하지 않으며 골목을 걸어 올라갔다. 가파른 오르막과 높은 굽 때문인지 어머니는 무릎을 손으로 짚어가며 천천히 계단을 밟았다. 계단을 밟을 때마다 피로한 숨이 가늘게 새어 나왔다. 먼지를 하도 마신 터라 성대도 걸걸하게 쉬었다.

나는 어머니가 나를 왜 그곳까지 데려간 것일까, 궁금했다. 내가 그 이유를 물으려는 찰나, 어머니가 말을 꺼냈다.

"오늘 일은 아버지한테 말하지 마라."

그 말은 나를 더욱 의아하게 만들었다. 어머니는 가끔가다 그런 당부 비슷한 걸 했다. 나는 그럴 때마다 항상 "왜?"라고 물었지만, 대답은 대개 시원찮았다. "말해봐야 좋을 것 없다."는 식이었다. 사실 내가 평소에 하는 말도 거의 말해봐야 좋을 것 하나 없는 말이었다. 그래서 가끔가다 '아버지에게 꺼내도 괜찮은 말이 아닐까', '정말 한 번쯤은 말해도 문제 될 것이 없지 않을까' 싶기도 했다. 허나 그러지 않았다. 어머니의 당부에는 애원이 섞여 있었고 우려가 섞여 있었다.

어머니가 모처럼 하는 일엔 아버지의 의심이 늘 동반됐다. 아버지는 매번 "모든 행동에는 이유가 있는 법이다. 괜히 그런 행동을 할 리가 없다."고 반박했다. 애초에 별다른 이유가 없는 행동도 이유를 따져 묻는 건 아버지가 잘하는 일이었다. 무릇 '영화'란 그렇게 보는 것이니까. 아버지는 논리가 있었지만, 어머니에겐 논리가 없었다. 아버지에게 '그냥'이라는 말은, 무언가 결여되고 결핍된 말이었다.

어머니는 집으로 돌아와 제일 먼저 옷을 갈아입었다. 먼 길을 다녀왔다는 흔적이 역력한 옷을, 정리도 하지 않고 옷장에 넣었다. 제일 아래 칸 깊숙한 곳에. 그러고는 다시 집안의 중력을 견디기 시작했다. 모든 게 반쯤 기울어 있는 골목의 경사를 따라서 구부정하게 앉아 무언가를 썰고, 자르고, 무쳐가며 부엌일을 했다. 부엌에서 안방으로 이어지는 턱이 무척 높아, 나는 어머니를 비스듬히 내려다볼 수 있었다. 어머니는 정신없이 내는 도구들의 육성에 몸으로 반응했다. 이것저것 누르고 만져가며 그것들을 달래면, 부엌의 냄새는 시시각각 바뀌며 사방팔방으로 들어찼다. 그건 전부 어머니의 손에서 피어나는 냄새들이었다.

어머니의 허벅지 옆으론 대야 하나가 보였다. 알타리무를 씻으려고 물을 받아놓은 것이었다. 나는 주황색 모형 보트를 띄워 한참 만지작거리다, 그 대야를 양손으로 이고 다락으로 올라갔다. 어머니가 "아버지에게 말하지 마라."라고 한 말이 생각나서였다. 혹여, 모형 보트를 가지고 놀다 아버지가 "어디서 난 거냐?"라고 묻는다면 어떻게 답해야 할지 몰랐기 때문이었다.

컴컴하고, 아주 고요하고, 습하기까지 한 다락 안. 집 안 유일하게 사람 냄새가 나지 않는 방에서, 나는 천천히 보트의 태엽을 감았다. 끼릭 끼릭. 배는 중력을 못 이긴 듯, 물살을 얼마 가르지도 못한 채 뒤집어져 물을 마셨다. 아직 덜 풀린 태엽이 마저 풀리면서 배가 빙글빙글 돌기 시작했다. 몇 번을 일으켜 세웠지만, 수맥이 말라버린 땅의 식물처럼 곧바로 고꾸라지기 일쑤였다.

나는 뜨지도 않는 배의 태엽을 몇 번이고 다시 감아 물 위에 띄웠다. 다락에 난 창으로 골목 특유의 어떤 질감, 명도, 양감 같은 것을 만지고 들어온 빛이 새어 들어왔다. 그 빛 또한 배처럼 주황빛이 돌았다. 모진 말, 누구의 것도 되지 않았으면 싶은 너저분한 말을 자주 들어 병약해진 냄새가 간간이 맡아졌다. 다락의 냄새였다.

왜 그 기억이
떠올랐을까요?

　그는 두부 장수였다. 아, 얼마 동안 팔다가 그만두었으니, 장수라고 하기엔 좀 뭣하다. 그냥 두부를 잠시 팔았던 사내였다. 그를 알게 된 건 그가 손바닥만 한 두부 한 모를 들고 분식집 앞을 기웃거리던 모습을 보고 나서였다.

　언제부턴가, 수레에 두부를 싣고 다니며 파는 젊은 사내가 슬금슬금 보이기 시작한 것이었다. 뭐든지 무르익고 대책 없이 부풀어가는 계절, 가을이었다. 그는 이른 아침부터 주먹만 한 종을 대충 흔들며 다니다가 저녁 무렵 판을 접었다. 그런 일이 얼마간 계속됐다. 종소리는 동네의 사방팔방에서 울리고 흘렀다.

　매번 비슷한 소리가 비슷한 음량으로 비슷한 반경에서 들려왔다. 그 소리는 확성기나 스피커에서 흘러나오는 테이프 소리와는 어딘가 좀 달랐다. 쓰임은 비슷할지라도, 덜 의욕적으로 들렸다. 지불을 유도하지 않는다는 점에서 그랬다. 일단 맛만 좀 보라고, 값이나 좀 들어보라는 유인의 말이 없었다. 그보다는 살 사람은 사고, 그렇지 않으면 안 사도 좋다는 듯 무신경한 태도에 가까웠다. 그게 종소리의 성격인지 사내의 성격인지는 알 수 없었지만, 종소리는 별일 없이 잘 울렸다.

* * *

그러던 어느 날, 그 사내가 분식집에 들어왔다. 때마침 나는 그곳에서 조촐한 식사를 하는 중이었고, 그에게 별 관심을 두지 않았다. 그는 한동안 멀뚱히 서 있기만 했다. 나는 그가 두부를 팔러 온 줄 알았다. 그렇지 않고서야 주문도 없이, 음식점에 식재료를 들고 서 있을 리가 없었다. 그의 손에 들린 두부에는 물기가 가득했고, 보드라워 보였다. 그 두부에 홀리기라도 한 듯, 가게에는 긴 정적이 찾아왔다.

그러나 무언갈 팔기로 작정한 사람치고는 눈이 흐렸다. 다른 가게에서 하도 거절을 당해 의욕이 많이 닳은 건 아닐까, 생각했다. 결심이 선 듯, 그는 주인에게 혹시 두부가 필요하냐고 물었다. 주방에서 음식을 하던 주인은 무슨 영문인가 싶어, 되물었다.

"두부는 왜요?"

사내는 주저하며 한참 뜸을 들이다가 가까스로 말했다.
"저기, 혹시 두부를 떡볶이와 바꿔 먹을 수 있을까요?"
그 말을 듣고, 주인아주머니는 떡볶이와 몇 가지 건더기

158

를 국자로 가득 떠줬다. 그리고 먹고 싶은 것이 더 있는지도 물었다. 차마, 고를 순 없을 테니 주인은 사내의 또래 입맛에 맞게 몇 가지를 더 골라 덤으로 얹어주었다. 그의 사정을 대충 알겠다는 듯, "그럼, 괜찮지. 많이 먹고 가."라고 답하며 말을 맺었다. 사내는 잘 포장된 떡볶이를 들고 나갔다.

그가 나가자마자, 주인은 사내가 두고 간 두부 한 모를 그 자리에서 대충 썰었다. 입에 대지도 않고 죄다 썬 두부를 그대로 양념에 버무리더니, 내게 밀어줬다. 젊은 사내와 두부, 그 둘의 조합만으로도 주인은 충분히 많은 걸 느꼈던 듯싶었다.

한동안 그 분식집에 들러 먹기도 하고 그러지 않기도 했다. 창문 너머로 그 사내가 이따금씩 두부와 떡볶이를 바꾸어 가는 모습을 보았다. 아마, 그렇게 하도록 주인은 별 싫은 내색을 보이지 않았을 것이다.

참 순하고 맑은 기운의 사내였다. 잘 웃고 다녔는지, 앳된 얼굴엔 정성이 들어간 눈주름이 몇 가닥 접혀 있었다. 어딜 가나 선뜻 막내 노릇을 도맡아 할 것처럼 싹싹해 보이기도, 좀 물러 보이기도 한, 그런 사내였다.

허나, 다른 무엇보다 젊은 사내가 하는 일이 두부 장사라는 게 쉽사리 이해되지 않았다. 자신에게 뻗은 많은 곁가지

중 왜 하필 택한 것이 두부였을까. 사람의 생이 길이라면, 그는 어느 부근에서 방향을 틀고 몇 번이나 헤매다가 지금 여기에 도착한 걸까. 정말 두부가 좋았다면 직접 만들거나 정성껏 요리해 팔아도 되었을 텐데. 왜 하필 허름한 수레에 두부를 신고 다니는 일일까. 왜 그는 두부를 팔러 다니는 걸까.

그는 두부를 분식집 앞에서도 팔고, 초등학교 앞에서도 팔았다. 들르는 장소가 정해져 있지 않았다. 그날그날 그의 걸음에 따라 달라졌다. 자세히 보면 딱히 두부를 팔 생각이 없어 보이기도 했다. 성격이 살가운지, 두부를 팔면서 동네 사람들과 말도 잘 나눴다. 그럴 때마다 눈가에는 보기 좋게 잡힌 주름이 접혔다가 펴졌다.

내가 딱히, 그를 만나 뭘 어쩌고 싶다는 건 아니었다. 단지, 그가 어떤 사람인지 궁금했고, 그가 파는 두부로 전을 부쳐 먹어도 괜찮겠다 싶은 생각이 들어, 매일같이 그가 들를 법한 장소를 배회했다. 그러기를 며칠째, 사들고 온 두부는 전이 되기도 하고 조림이 되거나 찌개에 들어가기도 했다. 이 모든 요리 과정은 비단 음식에만 관여하는 것이 아니라 나와 그의 관계에 대한 조리 과정이기도 했다.

두부로 만든 음식의 가짓수가 늘어나는 만큼, 그에게 말을 붙이는 재주도 점차 나아졌다. 그는 말할 때, 자주 가슴이나 배 부근에 두 손을 모으는 버릇이 있었다. 손이 어색한 걸 참지 못하는 모양이었다. 그런 손동작은, 이따금씩 수화처럼 보이기도 했다. 조곤조곤한 말씨에 목소리가 밝아, 듣는데 마음이 가려운 것처럼 기분이 좋았다.

나는 그에게 이것저것 많은 걸 물었다. 내 질문에 크게 거부감은 없는 듯했다. 오히려 이런 사소한 이야기를 누군가에게 풀어놓는 데 재미를 느끼고 기운을 차리는 것 같았다. 내가 물은 몇 가지 말들이 그가 내뱉은 답에 꼬리를 물며 점점 더 깊게 파고들었다. 덕분에 그가 내 나이와 엇비슷하다는 것 말고도, 사진을 좋아한다는 것. 두부를 팔지만 두부를 그렇게 좋아하지 않는다는 사실도 알게 되었다. 마침내 하루는, 줄곧 묻고 싶었던 두부에 관하여 물었다.

"왜 하필 두부인가요? 왜 두부를 팔기 시작한 거예요?"

그는 사진을 배우고 싶었다며, "사물의 지문을 뜨는 일이 근사하다."고 말문을 열었다. 그 부근에서, 내 마음속으로 짧게 더운 바람이 불었다. 그의 말은 계속 이어졌다. 사진을 배우기로 마음먹은 후, 타지로 멀리멀리 다녀오는 일이 많았다고 했다.

"그날도 마찬가지였어요. 좋은 사진 하나 건져보겠다고 강원도 어느 경치 좋은 곳으로 향하던 길이었죠. 사진 핑계로 오래간만에 좀 편히 쉬어보잔 생각에 며칠 머무르다 오려고 했어요."

하지만 그는 차를 돌려세워야 했다. 전화 한 통 때문이었다.

아버지의 부고.

그것은 그가, 단 한 번도 가정해본 적이 없는 일. 근거 없이 확신한 예외 같은 것이었다. 그래서 거짓말 같았다고. 정말, 끔찍하리만큼 아무 감정도 일지 않았다고 했다.

"원래 없던 사람이, 영영 없어진다는 느낌이었어요. 이게 무슨 느낌인지 알겠어요?"

소식은 이미 도착했는데 실감은 아직 먼발치에서 이제 막 출발할 채비를 마친 것이라 이해했다. 혹은 아버지라는 한 존재의 냄새가 그에게 너무 옅어진 탓일지도. 그게 아니라면, 삶에 너무 거대하고 명확한 부분이 통째로 떨어져 나가, 감정이 아직 갈피를 못 잡는 것일 수도. 어찌 됐든, 그러리라 하는 감정들은 소식이 없었다고 했다. 전혀 슬프지 않았다. 그건 참 이상한 일이었다.

장례에 필요한 여러 가지 큰일을 치르고 집으로 내려와서 두부를 팔기 시작한 건 그 때문이었다. 그건 아버지가 마지막까지 잡은 소일거리였다. 그 일을 하다 보면 마음에 뭔가 좀 짚이는 게 있을까 싶었다고 했다.

"그래서 뭐 좀 느껴지는 게 있었어요? 갑자기 아버지를 기억할 만한 게 떠올랐다거나."

그가 사진을 배우고 싶었다는 말도 그렇고, 결국 사람이 사람을 떠나며 남기는 것도 짧은 기억으로 남게 되는, 사진 비슷한 것이라 믿기에 물어본 말이었다. 이제 그 시절로 영영 되돌아갈 수 없는, 오직 추억으로밖에 더듬을 수 없는 한 장의 사진처럼. 그에게 아버지도, 그런 존재일 거라고 생각했다.

그는 손에 쥐고 있던 주먹만 한 종을 뒤집어 수레 안쪽에 세웠다. 그리고 말을 이었다.

"왜 그때가 기억났는지는 모르겠어요. 한 5년 전인가. 아버지가 일어나서는, 잠결에 부엌으로 가더라고요. 목이 말라서 그런가 보다 했는데, 갑자기 바지춤을 들추시는 거예요. 그리고 그 자리에서 볼일을 보셨어요. 한 손으론 가스레인지의 화력 조절판을 딸깍거리면서. 어머니가 볼까 봐 얼른 안방문을 닫아두고 부엌을 치웠어요. 그러고 나서 다시는 본가에 간 적이 없어요. 그러면 안 됐는데….

슬프기도 했지만 정말 무서웠거든요. 아버지가 몸이 많이 안 좋아졌다는 사실은 알았는데, 그 정도인 줄은 몰랐죠. 충격이 컸어요. 하필, 이 와중에 생각나는 게 그날이라니. 왜 그런 걸까요. 왜 전 그 장면을 기억하는 걸까요."

* * *

그는 왜 그 장면을 기억하는 걸까. 그리고 사내는 그 기억을 어떻게 이고 갈까. 지독한 슬픔으로 떠올리진 않을까. 무엇보다 이 말을, 나 혼자 들어버려도 괜찮은 걸까. 슬픔은 힘이 세다. 금방 소거되지 않는다. 이상하게 지난 기억을 돌이켜 보면, 대개의 일들이 슬프게 느껴졌다.

좋은 일이건, 나쁜 일이건 간에. 어쩌면 기억이라는 거, 추억이라는 거, 이런 거 모두 '슬프다'는 말을 돌려 말하는 게 아닐까 싶을 정도로 그랬다. 그게 아주 지난했던 시절이어도, 나쁜 일이라 다행이어도, 그냥 그 시간 자체가 그렇게 멀리 지나왔다는 생각이 들면 마음에 물이 찼다. 결코 거스를 수 없다는 사실이, 그토록 간단한 이유가 서럽게 느껴졌다.

사람이 사람에게 남기고 가는 감정도 결국 그런 것밖에 없을 거라 생각했다. 가장 밑바닥에 감춰져 있는 감정이어서가 아니고, 가장 무게가 나가서도 아니다. 시간과 관련한 모든 일에는 미약하게나마, 슬픔이 섞여 있어 그렇다.

얼마간 두부를 더 팔던 그가 어느 순간부터 보이지 않았다. 어떤 해답을 찾았다기보다 그냥 마음에 담고 간 것이라 믿기로 했다. 한동안 두부를 더 먹어도 물리진 않을 것 같았다. 두부를 먹으면서 덤으로 다른 무엇도 함께 삼켜질 것 같았다.

붙지 않은 말

차로 먼 길을 달리고, 또 그만큼 더 헤매야 겨우 도착하는 먼 곳이었다. 그곳에서 며칠 동안 묵으려 민박을 잡았다. 방은 사람 한 명이 생활할 수 있는 크기였다. 주인 내외는 개 한 마리를 기르고 있었다. 사람의 맵시와 비슷하게 어떠한 골격을 분명히 갖춘 개였다. 주인은 그 개를 토종개라고 설명했다. 종의 계통을 잇고 있는 피. 분명 어딘가에 소속된 피였다.

짐을 풀며 창밖을 멀리 내다봤다. 마당에는 작물을 심은 흔적이 역력했다. 주인에게 뭘 길렀느냐고 물었더니, 옥수수를 좀 키웠다고 했다. 맛이 아주 좋았다고. 한쪽 손으로 팔 전체를 잡아 쥐며 크기까지 그려 보였다. 주인과 잠깐 말을 나누는 사이에도 바람은 계속 불었다. 몸이 시릴 정도로 매서운 바람이었다. 그 바람에 밴 바다 내음이 방 안으로 넘어 들어왔다.

바닷가에는 노인 서너 명이 웃옷을 전부 벗어놓은 채 술자리를 벌리고 있었다. 옆으론 비스듬히 기운 파라솔 하나가 꽂혀 있었고, 그 밑에는 술병이 가득했다. 야위고 검은 그들의 맨몸이 무척 추워 보였다. 주인에게 말했다.

"많이 춥지 않을까요. 아까 나가보니 바람이 꽤 차던데."

"차긴요. 딱 맞기 좋을 정도던데요. 뭐."

거하게 올라온 술기운도 한몫했겠으나, 바람을 몸으로 마셔 버릇한 사람들은 그렇지 않은 사람들보다 평균 체온이 조금 낮을지도 몰랐다. 그들은 한참을 마시다가, 추우면 모래로 몸을 덮었고 결국엔 그대로 쓰러져 누워 잠을 청했다. 누가 흔들어 깨우지 않으면, 스스로 일어나지 않을 듯이. 바람이 더 식어 차가워질 때까지.

그곳은 외지였다. 사람이 살까 싶은 곳에서 내가 할 수 있는 건 종일 걷는 일과 참견하는 일뿐이었다. 참견하다 걷거나, 걸으면서도 참견했다. 참견하면 상대는 뭐 이런 것까지 물어보나 싶은 눈치였다가, 가만히 고개를 주억거리며 듣는 내 모습이 보기 좋았는지 묻지 않은 말까지 덤으로 했다. 그렇게 며칠을 보냈다.

어느 날 오후. 여느 날처럼 한가하게 걷고 있는데, 한 사내가 내 손목을 대뜸 붙잡았다.

"저기요. 여행 오신 거 맞죠?"

여행이라고 한다면 여행일 테니, 그렇다고 대답했다.

"오늘 게스트하우스에 사람들이 꽤 모여서 그런데, 이따가 저녁에 술자리 같이하실래요?"

술을 잘 마시지 못하는데, 괜히 분위기만 어질러놓고 가면 안 되겠다 싶어 괜찮다고 둘러댔다.

"에이, 이렇게 먼 곳까지 왔는데, 이럴 때 아니면 언제 또 모르는 사람들과 마셔 보겠어요. 그러지 말고 와요. 기다릴게요."

마음이 흔들렸다. "이럴 때 아니면."이라는 말 때문이 아니라, 그가 한 말이 풍기는 분위기에 흔들렸다. 이렇게 넉살 좋은 사람이라면 내가 어질러놓은 분위기도 잘 걷어주겠다 싶은 확신이 들었다.

그날 서녁, 술자리를 찾았다. 이미 여럿은 상을 펴놓고 음식을 차리는 중이었다. 바닷가에서 차린 상차림이라 그런지 짠 내가 강한 음식이 대부분이었다. 술이 오가고, 그러면서 자연히 말이 오가고, 그 말 사이에서 사람이 오갔다. 그러다 서로 자랑에 대해 물었다.

"좋아하는 게 뭐예요? 아니, 좋아하는 것 말고 자랑 같은 거 있어요? 제일 잘하는 거."

잘하는 게 있던가. 있다면 그게 무엇일까, 생각했다. 아무래도 떠오르는 것이 없었다. 자랑이라 할 만한 것들이. 당당한 어떤 교만이. 결국 떠오르는 것이 없어 아무렇게나 지어 대답했다.

"듣는 걸 잘해요. 진짜 열심히 집중해서 들어요."

"에이, 그런 게 어딨어요. 사람이 살면서 근사하게 내보일 자랑 하나쯤은 있어야 하지 않아요?"

자랑 중엔 정말 자랑이라 할 것들도 있었고 그게 자랑인가 싶은 자랑도 있었으나, 전부 내 것보다는 괜찮아 보였다. 그건 일종의 삶의 증명 같은 거라고 생각했다. 술자리가 끝으로 치달을수록 말은 점점 깊숙이 속을 파고들어 갔다. 결국 "자랑이 다 무슨 소용이냐."라는 식으로 이야기가 흘러가고 있었다.

그들은 전부 학생이었다. 졸업 전, 전국을 자유 여행하는 중이라고 했다. 몇몇은 경로가 겹치는 곳도 있었고 누구는 가보았으나 누구는 가보지 못한 곳도 있었다. 그들은 이번 여행을 마치, 막다른 골목처럼 여기는 듯했다. 문이 아니라 열리지 않는 벽처럼. 그들은 말마다 '마지막'이라는 단어를 붙였다. 그 말은 보기 싫은 전 애인 같은 몰골로 앞뒤를 따라다녔다. 왜 '마지막'인가. 마지막은 말마다 왜 그리도 쉽게 붙어 다니는 것인가, 묻고 싶었다.

"왜 마지막인가요?"

이제껏 분위기를 잘 주도하던 사내가 대답했다.

"다시는 이런 날이 오지 않을 것 같아서요. 원래 모든 시절이 그렇지만, 뭔가 좋은 시절이라고 말할 수 있는 분기

점에 온 기분이랄까요. 좋고 나쁨의 경계가 되어버리는 선 같은 거요."

그는 삶의 범주가, 명확한 단계가, 차례가 있다는 걸 깨달았다고 했다. 그리고 자신이 그 범위 안에 있다는 생각만으로도 어떤 다행과 안도가, 한편으론 낙오와 불안이 뒤섞여 수시로 찾아왔다고도. 정말 괜찮은 걸까. 이래도 되는 걸까. 삶의 열외자가 되진 않을까. 그건 자신이 제 삶에 갖는 일종의 눈치였다.

해야 할 건 곧잘 했지만, 하지 말아야 할 것은 도대체 무엇인지 알 수가 없었다. 모든 게 하거나 해야 했던 것들로 이루어진 것 같았다. "그게 다 경험이다. 그 경험이 곧 네 살이고 뼈가 된다."라는 말 속의 뼈와 살들이 어디에 쓰이는지, 전부 다 어디로 가는지 알 수 없었다.

그는 이제야 출발선에 도착한 기분이 든다고 했다. 이제껏 풍속처럼 떠밀려온 시절들과는 너무 다른 차원의. 그 차이는 너무 명확해서, 이제는 정말 끝이라는 말, 마지막이라는 말이 분명하게 느껴졌다.

* * *

그렇다고 그가 아무 일도 하지 않은 건 아니었다. 자신과 전혀 상관없을 것 같은 분야와 직종의 구인 목록을 수시로 확인했다. 해야 할 일, 하지 말아야 할 일 가리지 않고 해왔건만, 자신이 할 수 있는 일은 아무것도 없었다. 그러다 눈에 띈 게 바로 제약회사 공고였다.

'제약'이라는 말에, 반사적으로 그는 자신이 알고 있던 의학 용어들을 기억하려 애썼으나 바로 그만두었다. 딱히 떠오르는 것도 없을뿐더러, 경력도 전공도 무관하다고 명시되어 있었기 때문이었다. '제약 일인데, 그건 사람이 아플 때 먹는 약과 관련된 일인데, 무관한 내가 해도 괜찮을까.' 그는 있는 말, 없는 말, 책임질 수 있는 말, 없는 말이 무더기로 채워진 자기소개서를 회사 이메일로 보냈다.

한 시간도 채 되지 않아 답신이 왔다. 면접을 보러 오라는 메일이었다. '그건 전문적인 분야인데, 정말 나란 사람도 괜찮다는 말인가.' 하는 의심과 우려가 뒤섞인 추론과 억측을 반복했다. 허나, 딱히 이렇다 할 차안이 있는 것도 아니었다. 일단 가봐야겠다는 생각 말고 도저히 다른 생각이 나지 않았다. 거의 모든 시작은 이렇게 모호하고 불명확하고 흐릿한 느낌을 줬으니까. 이제껏 그래왔으니까. 아마 지금 이 기분도 그런 부류의 감정일 거라고, 시작이 반이라고, 그는 위안을 삼았다.

규모가 꽤 큰 건물이었다. 비슷한 또래들이, 거의 비슷한 차림을 하고 있었다. 다들 사회 초년생 같아 보였다.

면접이라고는 격식 없는 아르바이트 면접 자리가 전부였는지, 몸에서 드러나는 어색함을 감추지 못했다. 누군가는 요란스레 발을 떨고, 누군가는 손톱으로 십자 모양을 만들어 꾹꾹 누르고, 누군가는 손바닥으로 무릎을 주물렀다. 그리고 그렇게 드러난 몸의 반응들을 서로 부지런히 의식했다. 나는 그렇지 않다는, 애써 담담한 표정을 지어 보이면서. 서로 공통된 감정을 느끼고 있으면서도, 그것을 부인하려 애썼다.

면접은 의외로 간단했다. 답해야 할 것보다 묻고 싶은 게 더 많은 면접이었다. '상시 모집'이 으레 그렇듯, 한 시간도 안 되어 연락이 왔다. 축하한다는 말, 함께하게 되어 기쁘다는 말이 적혀 있지 않은 '합격' 문자였다.

약 2주가량 교육 기간을 거쳐야 했다. 그가 면접을 봤던 바로 그 장소에서였다. 서너 테이블을 마주 대고 앉아 면접을 보았었는데, 일렬로 줄 세워놓으니 전혀 다른 공간처럼 보였다. 살갗으로 느껴지는 공기의 무게가 달랐다. 좀 더 명랑하고, 쪼그라든 게 활짝 펴진 느낌. 다들, 뭔가 할 수 있으리란 기대로 뱉어낸 안도의 숨이 섞여 더 그런지도 몰랐다.

일은 간단했다. 약을 파는 일이었다. 교육은 그런 약을 파는 데에 필요한 상식들을 가르치고, 영업 노하우를 전수해주는 식이었다. 어떤 비타민은 어디에 좋은지, 비타민 흡수를 돕는 성분은 무엇인지, 그 둘을 어떻게 잘 묶어 판매할지를 강의했다.

그는 '식품과 영양'이라는 교양 과목에서 귓등으로 들었던 몇 가지 상식을 복기했다. '비타민 A를 먹으면 눈이 좋아진다 했던가, 비타민 B가 면역력에 도움이 된다고 했던가.' 이런 내용들은 전혀 알 필요가 없어 보여 건성으로 들은 터라, 머릿속에 남아 있지 않은 열외의 기억들이었다. 자신이 이런 걸 달달 외우리라고, 이걸로 밥벌이하게 되리라고는 전혀 상상하지 못했었다. 그래서 자신이 처한 이 상황이 새삼스러웠다.

그의 출근지는 어느 대형 약국이었다. 정확히 말하자면 약국이 아니라, 약국 구석 협소한 공간에 마련된 간이 가판대. 그곳에서 각종 영양제를 팔라는 거였다. 아직 몸에 익지 않은 정장을 입고 교육받으며 메모해둔 것들을 꺼내 틈틈이 읽었다.

약국에 오는 사람 대부분이 나이가 지긋한 노인이었다. 늙는다는 건 그런 것이었다. 약을 먹으려 밥을 삼키는 일, 몸이 기운을 잃고 체계를 잃어 맥락이 없어지는 일, 내 몸이 내 몸 같지 않다는 그 새삼스러움을 받아들이는 일. 그들이 자주 하는 말은, "아프다."는 말이 아니라, "예전 같지 않다."는 말이었다. 나는 그 말이 낫고 싶다기보다, 돌아가고 싶다는 말처럼 들려 마음이 선뜻 간절해지기도 했다.

그는 열심히 약을 팔았다. 노인들이 처방전을 내주고 기다리다 아픈 소리를 내면, "그럴 땐 이걸 드셔야 한다."고 나서서 거드는 식이었다. 비타민 한 통의 가격이 만 원이었는데, 꼬깃꼬깃하게 접힌 지폐를 꺼내 계산을 치르는 노인들이 약값보다 비싼 돈을 주고 이걸 사 먹을 일이 있을까 싶었다. 꼬박 일주일을 허탕 쳤다. 도대체 어떻게 파는지 또 누가 사는지 이해할 수 없었다. 기본급이 시원찮아, 성과급이 꼭 필요했는데 이렇다 할 실적을 내지 못했다. 마음만 다급해졌다.

이튿날, 그는 일을 하루 쉬었다. 교육받을 때 '판매왕' 직원이 몇 가지 노하우를 강의하며 나눠줬던 명함이 생각나서였다. 그는 휴일이었지만 생계가 급해, 그 직원을 찾아갔다. 실적이 좋아, 인센티브를 꽤 받는다는 사람이었다.

그녀는 40대 초반쯤 되어 보였다. 눈에 자글자글한 주름이 푸지게 펴져 있어 편안한 인상을 주는 얼굴이었다. 마치, 웃는 걸 낙으로 삼는 사람 같았다. 그는 교육생이라는 명분으로 간이 가판대 옆자리를 꿰차고 앉았다.

그녀의 행동을 하나도 빼놓지 않고 주시했다. 그러나 손님이 몇 차례 약국을 드나들 동안 그녀는 통 약을 팔 생각이 없어 보였다. 한 노인이 아픈 소릴 해도 그녀는 별말이 없었다. '저럴 때 비타민 A를 권해야 하는데'라고 생각한 건 오히려 그였다.

이렇게 말 한 번 걸지 않고 무심하게 고객들을 돌려보내는 게 정말 '판매왕'의 노하우가 맞는 건가, 의심이 들 때쯤 그녀가 한 노인에게 다가갔다.

"다리는 좀 괜찮으세요?"

"괜찮긴. 이미 고장 난 거 덜 고장 나게 하려고 다니는 거지. 낫는 건 바라지두 않어."

"이거 피로 회복제나 하나 드세요."

그녀가 살갑게 말을 붙였다. 그의 말과는 조금 다른 종류의 말이었다. 가격표가 붙지 않은 말, 누군가를 값으로 재지 않는 말이었다. 그녀는 그런 식으로 몇몇 노인들과 말을 잘 나눴다. 그녀는 알고 있었다. 약을 처방받을 수 있는 일수에 한계가 있어 약국에 주기적으로 오는 사람들이 있다는 걸. 그녀는 그런 사람들의 말을 귀 기울여 잘 들어 두었다가 말을 붙이는 것이었다.

그녀는 관절이 아픈 사람에겐 "관절은 어떤지" 눈에 염

증이 난 사람에겐 "눈은 좀 괜찮은지" 물었다. 그건 교육으로
는 도저히 배울 수 없는, 일종의 감이었다. 경험으로 터득하
는 거랄까.

　그녀는 상품을 팔고 싶어서 파는 게 아닌 듯 보였고, 사
는 쪽도 딱히 필요해서 사는 것 같진 않아 보였다. 이 정도 알
고 지냈으면 하나 정도는 사줘야 예의가 아닌가 싶을 때쯤,
그들은 고맙다는 말로 구매와 판매를 나눠 갖는 듯했다. 특별
히 노하우랄 게 없었다. 하지만 그로서는 도저히 엄두가 나지
않았다.

　"어떻게 이 일을 하게 됐어요?"

　밥시간쯤 되고 사람이 한차례 빠지고 나자, 그녀가 그
에게 물었다. 그녀는 이것저것 묻기 시작하다, 한 가지 충고
했다.

　"이 일, 힘드실 거예요. 더군다나 젊은 사람은 못해요."

　그도 감으로 알고 있었다. 알고 있다고 해서, 별다른 해
결책이 나오는 것도 아니었다.

　전공 무관, 경력 무관. 그 무관하다는 말 앞에서 그가 할
수 있는 일은 아무것도 없어 보였다. 그는 무관하다는 말이,
자신이 할 수 없으리라는 불가능처럼 읽혀 울적했다. 내 것이
아닌 일, 나와는 맞지 않는 일. 이제, 그는 확신이 없다고 했다.

"지금은 무작정 여행을 다니고 있어요. 원래 해외로 갈까 생각했지만, 그러기엔 여윳돈이 많지 않아서요. 월세도 내야 하고, 정착해서 생활하려면 보증금도 있어야 하구요."

술자리치곤 조명이 너무 밝았다. 마치 뭔가를 축하하는 자리 같았다. 환한 조명은 모든 얼굴의 표정을 벗겼다. 그들은 각자 다른 눈매를 가졌지만, 같은 눈처럼 슬픔이 가득했다. 마시는 일보다 엎지르는 일이 잦았고, 술잔엔 술이 아닌 것들이 섞여 점차 혼탁해졌다.

그들은 계속해서 자신의 처지에 대해 말했다. 서로가 서로의 대역이 되고 속편이 된 것 같았다. 이대로 괜찮은가. 그렇지 않다면 또 어찌해야 하는가. 감히 누구에게도 해본 적 없는 이야기를 풀면서, 몇몇은 울기도 했다.

다들 이 자리에서 뭔가 끝장을 보겠다는 자세로 괴롭도록 말을 나눴고, 술을 마셨다. 서로가 서로에게 하는 삶의 고해 성사 같았다. 생의 많은 국면이 그렇듯이, 이 먼 곳까지 달려와서 얻는 것이라곤 삶에 대한 의심뿐인 듯했다. 술자리는 그렇게 울면서 끝이 났고, 밖은 컴컴하게 막을 내리고 있었다.

* * *

그는 집까지 바래다주겠다고 했으나, 나는 괜찮다고 둘

러댔다. 비가 내렸다. 빗줄기가 하도 가늘어 촉감으로만 느껴지는 비였다. 눈이 거짓말을 하는 것 같았다. 맞는 내내 기분이 나쁘지 않았다. 이제 막 운행을 마쳤는지, 선박 위에서 사람들이 분주하게 무언가를 정돈하고 있는 모습이 보였다. 풀거나 묶고, 씻고 던지고 실어가며 제자리를 찾아갔다. 바다에서 육지로 넘어오는 시간이었다.

문득, 좀 전에 사내가 내게 풀어놓은 말들이 떠올랐다. 확신이 없어서 무작정 여행을 다닌다는 말. 그렇게 얼마간 여행을 더 하다 보면, 그는 과연 어떤 결론에 도달할까 궁금했다. 이곳이 세 번째 경유지라고 했었는데, 그는 어디에 들르고 누구를 만나게 될까. 이 여행이 그에게 너무 뻔한 대답을 내놓지는 않을까. 그렇다면 그는 과연 무엇을 할 수 있을까.

술기운이 몸을 달뜨게 했다. 몸피가 두꺼워지고 무감해졌다. 가을바람은 여전히 가을바람처럼 불었다. 시리게 차서 걱정되는 바람이었다. 많은 것을 버리고 덜고 오느라 빈손으로 도착해서 난처한 낯빛으로 인사를 건네는 바람. 이제껏 건너온 길의 거리를 짐작하게 하는 게 싫어서 언 두 손을 열심히 비비며 오는 바람. 가을의 바람은 그런 바람이었다. 춥거나 하진 않았다.

_____ 날
찾지 말아요

　그가 내게 술을 꼭 함께 마시고 싶다고 했고, 나라도 좋다면 기꺼이 그러겠다고 답해서 벌어진 술자리였다. 친한 사이는 아니었지만, 그렇다고 딱히 불편할 것도 없었다. 허나 길지 않은 만남으로, 이러한 이야기를 내게 하는 것은 좀 의아했다. 지난했던 한 시절의 이야기였다.

* * *

　그는 속이 새카맣게 타들어 가, 혼자 전전긍긍했다고 했다. 사람과 사람 사이에 믿음이 쌓이고 그걸 기반으로 돈도 좀 빌려준 듯한데, 배신을 당한 모양이었다. 상대가 달아나자, 빌려준 돈은 고스란히 빚이 되었다. 그는 한동안 괴로울 정도로 악에 받쳤다. 그 사람과 연을 맺고 들인 시간이 이리도 쉽게 두 동강 나서인지, 터무니없는 액수를 잃어서 그런 것인지는 알 수 없었다.
　주위에서는 위로랍시고 "괜찮다.", "다 지나갈 것이다." 라고 했지만 감당하는 일은 온전히 자신의 몫이었다. 그러다 손에 잡힌 게 술이었다. 뭘 하긴 해야겠는데, 그게 뭔지 도저히 감이 안 잡혀서 술이나 한번 가득 부어보자고. 이상하게 붓고 부으면 어떻게든 답이 나왔던 거 같다고. 그래서 무슨 큰 결심을 할 때는 늘 술에 거나하게 취해서 정신을 못 가눈 다음이었다고 했다.

말을 쭉 이어가던 그는 마음 어딘가 '딸깍' 하고 맞물려 걸리기라도 한 듯, 뭔가를 열심히 기억하려고 애썼다. 그러다가 가닥이 좀 잡혔는지 내 어깨를 툭툭 쳤다. 나는 옆 사람과 살이 맞닿지 않도록 조심스럽게 움직였다. 술잔은 이미 비어 있었다. 그는 잔을 채우지도 않고선, 좀 들어보라며 분위기를 먼저 거들었다.

그러니까, 답을 얻어보겠다고 만신창이가 될 정도로 술독에 빠져 지내던 날. 슬슬 미칠 것 같았다고 했다. 술이 답을 내주기는커녕 아무 일도 손에 잡히지 않았다. '내가 지금 대체 이게 뭐하는 짓인가, 왜 이 모양인가' 싶어지면, 또 그날이 떠올라 괜히 술로 속만 뒤틀었다. 그는 한 가지를 깨달았다.

자신이 어렴풋이나마 어떤 답을 상정하고 있지 않으면, 술은 아무 도움도 못 되는 것이었다고. 술은 어떠한 결심을 선명하게 해주는 조력은 될 수 있지만, 갈피를 못 잡는 마음엔 걸려 들어올 게 아무것도 없다고 했다.

술에 매달렸는데 막상 아무 소용도 없다는 사실을 알자, 그게 또 어떤 식으로 답을 내주었다. 그는 한 가지 방법을 떠올렸다. 죽기로 결심한 것. 차라리 깨져 부서지기로 마음먹은 것이었다. 그 돈을 갚기엔 살날이 막막했고, 그렇게 평생을 허덕이며 살려니, 자신이 너무 가여워 내린 결정이었다. 그가 할 수 있는 유일한 선택이었고, 마지막으로 자신에게 남은 난폭한 애착이었다.

우리는 서로 잔에 술을 가득 따랐다. 그의 말이 다시 시작됐다. 그러니까, 그는 물에 빠져 죽기로 결심을 했고, 때마침 적당한 장소로 규모가 꽤 되는 저수지 하나가 있었다.

"왜 그런 생각을 했는지 모르겠는데, 그냥 물에 빠져 죽어야만 할 것 같았어요. 죽기로 마음먹은 사람이 가장 번거로운 선택을 한다는 게 지금 생각해보면 참 우습네요."

실행에 옮기기로 한 날, 일찍부터 눈이 떠졌다. 평소보다 더 이른 시간. 어느 쪽으로든 강한 느낌을 받지 못하는 아침이었다고 말했다. 저수지에 도착했을 무렵, 그는 입고 있던 재킷을 벗어 가지런히 포개 놓았다. 그러다가 다시 펼쳐 입었다. 옷에 무게가 나가는 돌이란 돌은 죄다 담아 저수지에 뛰어들 생각이었다. 그는 자신의 바지 속까지 돌을 채워 넣은 것은 물론, 바위 하나를 품에 안기까지 했다.

물가 쪽으로 천천히 발을 뗐고, 허리춤까지 물이 차오르자 어렴풋한 요의를 느꼈다. 그건 마렵다기보단, 인력引力에 가까웠다고 했다. 그는 꾹 참았다. 물은 점점 그를 삼켰고 그가 품에 안은 돌까지 먹어 치웠다. 발에는 작은 자갈들이 밟혔다. 물속으로 걸어 들어가는 내내 까치발을 들고 서 있었다는 걸, 그는 모르고 있었다. 이제 머리만 잠긴다면 모든 것은 끝이었다.

턱 밑까지 물이 찼다. 고개만 둥둥 떠 있었다. 딱 그 지점에서, 그의 몸이 갑작스러운 반응을 보였다. 포착되지 않는, 너무 추상적인 무서움이었다고. 그는 그것을 단순히 죽음이라 말할 수만은 없다고 했다. 이미 몸이 깊게 잠겨 아무런 저항을 할 수 없는데도, 그를 더욱 깊은 곳으로 끌어당기는 느낌. 몸 안쪽으로 무언가 마구 밀려들어 와 한꺼번에 팽창할 듯한 기분.

그는 사정없이 허우적댔다. 귀에 물이 차고 빠질 때마다, 급하게 회오리치는 소리가 귓전을 울렸다. 물이 자신을 삼키면 가만히 들어가 죽을 작정이었는데, 그럴 수 없었다. 의식과 달리 몸은 본능적이었다. 그는 돌을 주렁주렁 매달고 흠뻑 젖은 채 저수지에서 가까스로 빠져나왔다.

그리고 그대로 쓰러져 울었다. 무슨 감정이었는지는 잘 몰랐다고 했다. 아무튼 어떤 감정이 그에게 도착했고 그것을 게워내려고 필사적이었다는 것만은 알았다. 울음은 거의 모든 감정에 관여하는 일이므로, 딱히 슬픔이라 단정할 수도 없다고 했다.

그날 돌아와, 그는 연락이 닿는 모든 수단들을 치워버렸다. 누구와도 관계를 맺지 않기로 했다. 죽지도 못할 것이라면, 차라리 삶의 바깥을 떠돌기로 한 셈이었다. 자살하려고 마음먹기 전보다 더 못한 상태가 돼버린 그는 아무 일도 하지 않는 날이 많았다. 먹는 것도 딱 죽지 않을 만큼만 먹었다. 그로 인해 몸의 골격이 서서히 두드러지기 시작했다. 몸이 앙상하게 야위어, 몸과 얼굴 전체에 그늘이 질 정도였다. 수척하고 핼쑥해졌다. 눈은 흰서리가 낀 것처럼 뿌옇게 바랬다. 그렇게 얼마를 버텼다.

* * *

죽지 않을 만큼만 살려고 해도 그만큼 필요한 것들이 있었다. 그는 과일 몇 가지와 우려먹을 티백을 사러 밖으로 나갔다. 바람이 심하게 불던 날, 이른 새벽이었다. 바람이 너무 심하게 불어 제대로 걷기조차 힘들었다.

그때 그는 다리를 건너다 한 여자를 보았다. 정확히 말하자면, 죽기로 마음먹은 여자였다. 다리의 난간을 딛고 서서, 다른 무엇을 주시하고 있었다. 바람이 많이 불었고, 여자는 거세게 흔들렸다. 아무런 의지도 없이, 마치 흔들리는 게 제 운명인 촛불처럼, 여자는 거의 벼랑에 매달린 듯 서 있었다.

그는 그 여자가 죽기로 했다는 걸 단번에 알았다. 여자의 모습 때문만은 아니었다. 생에 가까스로 걸쳐 있는 사람의 어떤 위태로운 활기를 보았다. 삶의 끝에서 복기해야 할 무엇이 머릿속에 응어리져 얽혀 있었을까. 그녀도 그가 했던 대로 어떤 계산을 해보고 결과를 유추해보며 타산을 맞춰보았을까. 몇 번을 부정하고 되풀어도 끔찍하리만큼 동일한 값, 같은 결과로 얼굴을 드러낸 것에 좌절했을까.

그는 모든 짐을 바닥에 던져놓고 여자의 허리를 끌어안아 안쪽으로 쓰러졌다. 죽고자 하는 심정을 누구보다 잘 알았지만, 눈앞에 있는 여자를 일단 구해야겠다는 생각이 퍼뜩 몸을 부추겼다. 여자의 다리엔 힘이 반쯤 풀려 있어서, 큰 저항 없이 그가 움직이는 대로 끌려왔다. 그리고 여자는 거의 도망치듯 그의 눈앞에서 사라져버렸다. 사라진 자리에는 그녀가 떨어뜨린 작은 수첩 하나가 놓여 있었다. 정신없는 와중에 실수로 흘리고 간 모양이었다.

그가 그 수첩을 내게 꺼내 보여주었다. 거의 다 뜯어진 실밥, 아주 오래된 듯한 메케한 냄새, 누렇게 변색된 내부의 종잇장, 삭은 가죽. 그것을 보는데 내 마음이 근질거렸다. 얼른 읽고 싶은 충동을 불러일으키기에 더없이 좋은 상태였다. 손으로 겉면을 훑는데, 오돌토돌 고르지 않은 표면의 불규칙

한 촉감이 느껴졌다. 무언갈 적고, 접고, 묻혀가며 만든 시간의 질감이었다.

그는 술 몇 병을 더 주문해올 테니, 그동안 수첩 안에 쓰인 내용을 읽어도 좋다고 했다. 그게 자신을 살린 것이나 다름없다는 말도 덧붙이면서.

수첩에는 자살에 대해서는 한 마디도 쓰여 있지 않았다. 딱히 큰 사건이라 할 만한 일도 없었고 누군가를 몹시 그리워한다거나 원망한다는 이야기도 적혀 있지 않았다. 마지막 순간에 유일하게 간직하고 있던 것이 이 수첩이라는 게 믿어지지 않았다. 그때 오래된 포장마차에서 라디오 소리가 울려 퍼졌다. 영화에 관한 프로그램인 듯했다. 하필 영화 속, 영화 밖 자살 이야기였다. 내가 기대했던 것은 바로 그 이야기였다. 자살에 관한.

그 라디오의 내용은 이러했다.

"흔히 영화에서 자살이란 행위는 어떤 의미를 담고 있어요. 특히 그 인물이 어떤 식으로 죽을 건지를 결정하는 것은 그 인물이 하고 싶은 말이나 행동과 연관이 있죠. 예를 들어, 고층에서 바닥으로 뛰어내리는 것과 강물로 뛰어내리는 것에는 이런 차이가 있다고 해요. 땅으로 투신하는 것은 '더는 할 말이 없다. 똑바로 봐라.'이고, 강으로 투신하는 것은 '나는 가요. 찾지 말아요'라는 뜻이라고 하더군요."

4장

삶이
삶으로
걸어 들어간다

_____ 다른 방식,
　　　　같은 안부

　　어렸을 때부터, 몸이 약해 수시로 아팠다. 밤만 되면 어떤 환각이 보였다. 잠을 자기 위해 누우면, 천장은 무너져 내릴 듯, 코앞까지 푹 내려앉았다가 다시 제자리로 돌아갔다. 밤새 그런 일이 반복됐다. 정확히 무슨 이유로 그런 증상이 나타나는 건지는 알 수 없었다. 나는 한참 진을 빼고 나서야 가까스로 잠에 들 수 있었다.

　　이상한 건 가족에게는 그런 일이 일어나지 않았다는 거였다. 내가 밤을 어려워하는 동안, 아버지와 어머니는 너무 자연스러운 표정으로 잠이 들었다. 그 표정은 마치, 고된 일에 질리도록 숙련된 사람이 갖는 무표정, 무관심과 비슷했다. 나도 그런 모습을 닮고 싶었다. 평범한 아침을 맞고 싶었다. 어두워졌다가 다시 밝아지는 동안 눈을 감고 잠시 몸에 힘을 빼놓으면 되는, 아주 간단하지만 매우 중요한 일을 하고 싶었다.

　　그래서 하루는 어머니에게 말했다.

　　"어머니, 자려고 누우면 천장이 빙글빙글 돌다가 무너져 내릴 것 같고 그래. 이상해."

　　"그게 다 몸이 허약해서 그런 거야. 기가 약해서."

'기氣'가 정확히 무슨 뜻인지 잘 몰랐으나, 내 몸 안쪽에 물결이나 무늬 같은 것이 일렁이는 거라고 생각했다. 어떠한 무늬가 잠식하듯, 내 몸 전체로 퍼져나가는 것이라고. 그래서 '기'라는 말을 들으면 왠지 모르게 선득한 기운이 돌았다. 그 말 자체에선 정말 그런 기운이 담긴 듯했다.

어머니는 내 몸이 좋지 않다는 사실을 확인하고는 부엌으로 몸을 돌렸다. 밥을 데우고, 그날 장 봐온 찬거리들을 양념에 버무렸다. 나물은 별다른 양념 없이 참기름을 몇 번 휘둘러 무쳤다. 그러곤 상의 무릎을 펴서 그릇들을 순서대로 차리기 시작했다.

"몸이 허하면 뭘 좀 먹어야 한다. 기운이 없는 건 다 제대로 먹질 못해서 그런 거야."

나는 분명 '기'라는 말을 단순히 몸이 건강하다는 뜻과 다른 부류의 것으로 이해했는데, 어머니는 그런 것 같지 않다. 어머니는 무언갈 열심히 만들어 내 입에 채워 넣었다. 배는 불렀지만, 몸이 나아지거나 '기'가 몸에 들어올 기미는 보이지 않았다.

여전히 밤은 어려웠고, 잠 못 들게 하는 게 도대체 무엇인지 해명하는 말들도 어려웠다. 그래서 나이가 든다는 건 아마 말이 쉬워지는 것이라고, 다룰 수 있는 말의 가짓수가 점차 늘어나는 것일 거라고 생각했다. 어쩌면, 소통은 말로 이뤄지는 게 아닐지도 몰랐다. 누군가에게 아픔을 설명하고 이해시키는 데에는 단순히 '말'이 필요한 게 아니었다. 그보다는 일종의 '경험'이 필요했다. 대개 말은 누군가에게서 흘러나와 또 다른 누군가에게 들어가고, 그건 한 삶이 다른 한 삶에게 보내는 우편 같은 거니까. 말의 종착지는 결국 누군가의 삶이고, 하여 자신의 범위 내에서 이해 가능할 뿐이라고.

한번은 어머니가 어느 잡상인에게서 산 약통 하나를 집에 들고 온 적이 있었다. 쌀알보다 조금 크고 둥근. 텁텁한 밀가루나 풀죽 같은 떫은맛이 나는 환이었다. 어머니는 잡상인이 몸 어디 어디에 좋다고 열띠게 설명했던 효력들을 하나도 빼먹지 않고 잘 들어두었다가 자랑처럼 내게 늘어놨다. 잡상인이 쓰던 말투까지 고대로 베껴온 게 분명했다.

"이게 말이다. 하루에 스무 알씩 거스르지 않고 꼬박 먹으면 몸이 달라진다더라. 체질이 바뀐다더라. 피로 회복에도 좋고 감기 같은 잔병치레도 안 하고, 몸이 잘 헐지도 않고. 특히 성장기 아이들이 먹으면 면역력 증진에 그렇게 좋다더라."

호전되고 나아질 것을 기대하게 만드는 약들에 꼭 덤처럼 적힌 문구들. 잡초처럼 너무 흔하고 당연해서, 격식을 갖춘 글 첫머리에 꼭 묻는 계절 인사같이 상투적인, 일종의 안부 같은 말이었다. 그건 흔하디흔한 증상이었다. 분명 모두가 다 앓고 있지만, 흔해서 앓는 것이 아니라 단순히 겪고 있다고 생각하게 되는 도시의 지병이었다. 그런 일이 두어 번쯤 더 있었다. 그리고 세 번째 정도 되던 날, 어머니는 나름 약에 관한 소신이 생겼다. 비록 그 소신은 어떤 불신으로 생겨난 것이지만.

아버지는 내가 잠을 잘 못 잔다는 사실을 알자, 제일 먼저 집 근처 문구점에 들렀다. 그건 어머니가 내게 음식을 만들어 떠먹인 것과 같이, 아버지가 자식에게 할 수 있는 무언가를 찾기 위한 몸짓이었다.

어머니는 어머니대로 아버지는 아버지대로 이제껏 살아온 삶과 맡아온 역할이 각자에게 내놓은 어떤 해답이었다. 어머니가 내 몸에서 벌어지는 일련의 증상들을 신체적인 부류의 것으로 이해했다면, 아버지는 정신적인 부류의 것으로 이해한 것이 틀림없었다. 그건 어머니와 아버지가 내게 관여하는 부분의 차이이기도 했다. 어머니는 내 육체를 감당하고, 아버지는 내 정신을 거들었다.

아버지가 사온 것은 야광별 세트였다. 해는 없고, 별과 달, 고리를 매달고 있는 몇 가지 행성들만 가득 담겨 있었다. 오랫동안 방치되어 먼지가 때처럼 묻은 종이 곽에는 우주의

파편이 들어 있었다.

아버지와 나는 종일 본드 냄새에 어지러워하며, 천장에 잔뜩 그것들을 붙였다. 희한하게 달은 두 개가 들어 있었고, 어떤 별은 한 행성의 크기만큼 거대했다. 그러곤 대낮부터 늦은 저녁까지 방의 불을 켜놓았다. 야광은 일정한 양의 빛을 먹어야 그만큼 빛을 쏟을 수 있기 때문이었다. 삶의 가장 기본적이고 당연한 원리인양.

낮 동안 배부르게 빛을 챙겨 먹은 별들은 한밤중 제대로 빛을 뿜었다. 빛은 은은한 민트색이었다. 나는 베개에 고개를 뉘였고, 별들을 쳐다봤다. 별들은 제각기의 문양과 크기와 밝기를 지니고 있었다. 컴컴한 방 안. 야광별은 정말 별처럼 느껴졌다. 그렇다 해도 밤의 멀미가 줄어든 건 아니었다. 매번 같은 증상으로 다시금 찾아왔다. 머무르다 물러가길 되풀이하는 동안, 어머니는 계속해서 뭔가를 먹었고, 그와 달리 아버지는 나를 데리고 다니며 무엇을 보게끔 했다.

아버지는 근처 바닷가에 나를 자주 데리고 갔다. 어머니가 잡상인이 살살 재고 부추기는 꼬드김에 넘어갔다고 한다면, 아버지는 얼핏 들은 소문을 곧이곧대로 따르는 편이었다. 어머니는 꼬임에 약하고, 아버지는 소문에 약했다.

"여기가 그렇게 좋다더라." 하는 소문으로, 먼 길을 마다 하지 않고 바닷가나 강가를 찾아다녔다. 차의 트렁크엔 그런 먼 길을 가는 것이 비단 소문 때문만은 아니라는 듯, 낚싯대 몇 자루가 난처한 변명처럼 자리를 차지하고 있었다. 미끼는 그날그날, 떡밥이나 지렁이 같은 것들을 사놓았다.

아버지는 낚시를 잘하지 못했다. 낚시를 한다기보다 분위기로 기분을 내는 쪽에 가까웠다. 겨우 엉덩이만 걸칠 수 있는 간이 의자에 앉아, 낚싯대에 미끼를 걸어 무심하게 바다로 턱턱 던져놓는 게 다였다. 아버지는 손재주가 없었고, 기술이 없었다. 고기만 빼고 모든 걸 잘 낚았다. 심지어, 가끔 낚싯바늘에 내 옷이 낚이기도 했다. 그럼에도 아버지는 낚싯대를 걸 만한 장소에선 어김없이 그것을 꺼내어 보란 듯이 폼을 잡았다.

아버지가 형편없는 솜씨에 진저리가 나 서서히 질려버릴 동안, 나는 그보다 더 빠른 속도로 질려갔다. 허나 아버지는 말이 없었다. 낚시에서 제일 중요한 게 바로 인내이기 때문이었다. 아버지는 "낚시는 기다림이다. 물고기가 미끼를 물 때까지 조용히 기다리고 있어야 한다."고 말해주었다.

기다림. 그것은 아이가 아이여서 못하는 것들 중 가장 하찮아 보임과 동시에 무척 까다로운 일이었다. 나는 쉽게 지쳤고, 그렇게 지칠 때면 아버지의 눈을 봤다. 옆에서 본 아버지의 눈은 수심에 잠긴 듯, 깊어 보였다. 물을 바라보는 터라 더 그랬는지도 몰랐다. 걸릴 것 없는 아버지의 눈에 내 눈을 담아두는 일은 희한하게 기분이 좋았다. 뭐랄까, 눈은 아버지가 가진 것 중 제일 새것 같아 보였다.

몸은 시간을 받아들이면서, 세월을 몸으로 받아가면서 점점 둔해지고 노쇠해져가는 어떤 수순을 따랐다. 무릎이 제일 먼저 닳고, 그다음은 손의 마디가, 살결도 흐물흐물 주름지고, 색도 탁하게 바래며 몸 전체가 쭈그러들었다. 몸은 자신이 열심히 부려온 신체 부위를 하나씩 역으로 되감아 거둬들이는 듯했다. 하지만 눈은 달랐다. 눈은 신체 부위 중, 유일하게 소모품이 아닌 것 같았다. 그러니까, 쓰임으로 닳는 게 아니라 삶 그 자체를 담고 있는 듯이. 그래서 그런 아버지의 눈을 가만히 보고 있자면, 이상하게 아버지의 삶을 상상하고 싶어졌다. '어릴 때 아버지는 어땠을까', '아버지도 나처럼 지독한 멀미를 앓았을까' 하고.

* * *

어머니와 아버지가 조금씩 쪼그라들어갈 때, 나는 무섭게 자라나고 부풀어가기 시작했다. 정확히 언제부터인지는 잘 모르겠으나 자연스레 밤의 멀미가, 울렁증이 현저히 줄어

들었다. 어느 주파수의 음역을 맞추기 위해 눈금을 조정하는 일같이, 해마다 내 몸도 어느 지점을 향해 나아가고 있었다. 말도 어엿하게 늘고 삶의 갈피를 잡아가기 시작했다. 그렇게, 나는 한 시절에 쓸려가고 있었다.

어머니가 어머니의 방식대로 나에게 무언갈 먹일 때, 아버지가 아버지의 방식대로 나를 어딘가로 데리고 다닐 때 가장 기억에 남는 한 장면이 있다. 아버지가 본격적인 낚시를 해보겠다고 소란을 떨었던 어느 한낮의 일이다.

기왕 사다 놓은 낚싯대가 아까워서라도 던져봐야 하지 않겠느냐고 아버지는 살살 나를 꼬드겼다. 어쩐 일인지 이번엔 어머니도 동행하기로 했다. 그곳은 아버지가 들은 소문에 따르면 '물 반, 고기 반'인 장소였다. 가는 길이 수월하지 않았다. 이미 난 길로 가는 게 아니라, 나지 않은 길을 내어 들어가는 기분이었다. 이렇게 험한 길을 가는 걸 보아선, 정말 이번엔 아버지가 팔뚝만 한 물고기를 건져 올릴지도 모르겠다고 내심 기대했다.

미지근해 보이는 습지 앞으로 물길이 나 있었다. 물은 진한 유채빛이 돌았다. 습지는 아버지의 발과 어머니의 정강이, 내 무릎을 자주 삼켰다. 물기를 한가득 먹고 자란 나무들이 대책 없이 우거져 있었다.

아버지는 겉옷을 벗고 자세를 잡았다. 기술이 없는 아버지는 낚싯대를 물가에 던지기 전 내게 멀리 떨어져 있으라, 주의를 주었다. 나는 무릎을 습지에 묻어놓은 채, 그 속살의 선선함을 즐기고 있었다. 아버지의 낚싯바늘이 물에 잠긴 동안, 긴 고요가 찾아왔다. 낚시가 제일 필요로 하는 '기다림'이었다.

아버지는 낚싯대를 몇 번 들었다가 내려놓길 반복했다. 슬슬 입질이 올 때가 되었다 싶을 때마다 그랬다. '물 반, 고기 반'인 곳에서 아버지는 아무것도 건진 게 없었다. 긴 고요가 너무 길어져서 점점 지루해지고 있었다. 아버지는 아픈 사람처럼 넋을 놓고 물가를 바라봤다.

그때, 찌가 버둥거렸다. 입질이 오는 모양이었다. 아버지는 상체를 일으켜 딛고서 휠을 감기 시작했다. 낚싯줄은 수면에 짧게 선을 그으며 점점 육지 쪽으로 끌려왔다. 큰 힘을 들이지 않아도 낚싯줄은 고분고분 잘 감겼다. 아버지가 낚싯대를 번쩍 들었다. 노르스름한 무언가가 끝에 매달려 있었다. 빠가사리였다. 그러고 나서 아버지는 정말 '물 반, 고기 반'인 곳에서 연신 물고기를 낚았다. 이름도 잘 모르는 잡어들이 바구니에서 팔딱팔딱 뛰며 바구니 밖으로 넘쳤다. 서로 살을 부대끼다 빠져나온 물고기들은 습지 위에서 흙탕물을 튕기며 뒹굴었다. 그 물은 아버지의 바지에도 묻고, 내 얼굴에도 묻었다. 어머니는 "아이고, 꼬질꼬질하다."며 웃옷으로 내 얼굴을 박박 문질렀다.

아버지의 낚시 실력이 형편없다는 것을 알면서도, 혹시나 하는 마음에 간단한 조리 도구를 챙겨 온 어머니는 아버지가 잡은 것들로 무엇을 할지 고민했다. 고추장이나 된장에 버무리고 끓여놓으면 죄다 엇비슷한 맛을 내므로 딱히 별다른 양념이랄 게 필요 없었다. 이리저리 대충 섞어 만든 다진 양념을 비닐장갑에 채워 온 것이 전부였다.

어머니는 신문지에 조심스럽게 말아온 칼을 손에 쥐었다. 그러고 나서 그 칼로 턱턱 내리치며 생선의 대가리도 자르고, 배도 가르고, 내장을 제거하고, 살을 발랐다. 어머니의 아귀힘을 받은 칼이 사정없이 무언갈 썰고 자르는 건, 내 눈에는 공포스럽다기보다 하나의 놀이처럼 느껴졌다. 반복적이면서 간명하고 경쾌한 몸짓에선, 종종 그런 느낌을 받았다.

그러다 일이 난 건, 어머니의 손이 익숙해져 슬슬 눈으로 보지 않고도 다듬게 됐을 때쯤이었다. 어머니의 손에 생선 하나가 들려 있었고, 그 생선 역시 다른 생선들처럼 먼저 머리를 쳐 없애고 배를 가르려 생선을 비스듬히 뉘였을 때였다.

어머니의 손이 뭔가에 찔렸다. 빠가사리였다. 벌어진 살

갖으로 피가 새어 나왔다. 어머니가 아픈 소리를 쓰게 내자, 아버지는 허둥지둥 달려와 어머니의 손을 부여잡았다. 아버지는 이 가시에 독이 있는지 없는지도 모르면서 생수로 손을 헹군 다음 무작정 손수건으로 손가락을 칭칭 감아 말았다.

어머니의 칼에는 날 선 기운이 돌았고, 배가 갈린 물고기들이 사방팔방으로 널브러져 있었다. 바구니에는 아직 손보지 않은 물고기들이 펄떡거렸다. 아버지는 모처럼 입질이 잦은 낚싯대를 거두어들인 다음, 차 트렁크에 처박았다. 어머니의 다급하면서도 기운 없는 신음을 듣자, 어찌할 겨를이 없는 모양이었다. 아버지는 일단 그 자리를 뜨기로 했다. 범죄자가 현장을 달아나듯, 짐을 싣고 차를 몰았다.

돌아오는 길, 어머니는 아린 손을 만져가며 온종일 "맵다, 매워." 하며 앓았다. 어머니의 표정에 퍽 심각하다가도, 어머니가 뱉은 그 말이 신기해 가만히 듣고 있었다. 입에서 벌어지는 말이, 어머니의 손에서도 일어나고 있다는 사실 때문이었다. 어머니의 말, 아버지의 말은 자주 입에서 손으로, 몸 곳곳을 돌아다니며 다른 대상으로 뻗고 얽히고 뭉그러졌다. 어머니와 아버지의 삶이 다르고, 역할이 다르고, 그래서 어머니와 아버지가 쓰는 말이 조금 달랐지만, 그 말들은 하나같이 내겐 무척 먼말처럼 느껴졌다.

그래서 나는 그 말들을 따져 묻길 잘했다. 왜 그 말은 그렇게 쓰이나, 왜 그 뜻은 저 뜻이 되나 물으면 어머니는 이것저것 알려주다가도 "원래 그렇게 쓰인다."는 말로 끝을 맺었다. 어머니의 그런 태도에 서운하거나 속상한 적은 없었다. 다만 어머니의 말은 그렇게도 쓰이는구나, 저런 말은 또 저렇게도 바뀌는구나, 하며 말이 변형되는 과정이 그저 신기하고 좋았을 뿐이다.

　그런 말들에선 구수한 살내가 맡아졌고, 멀리서 건너온 삶의 안부가 담겨 있었다. 몇 가지 말들은 나이를 먹어가며 내 입에 배고, 입맛에도 맞았다. 말들은 수시로 내게 찾아와 버려지거나 읽혔다. 그건 어머니의 삶이 내 삶에 보내는 안부 같은 걸지도 몰랐다. 그래서 문득, 내가 누군가의 말을 따르고 있다는 사실을 발견할 때마다 묘한 기분에 휩싸였다. 내 삶이 한 삶을 품고 있다는 느낌이랄까. 그러니까, 철을 넘기면서 동시에 말도 넘어온 것과 다름없었다.

할아버지 손에
새겨진 훈장

어느 장소에 가건, 마중을 나오는 건 늘 얕게 부는 바람이 먼저였다. 향취와 질감을 묵묵히 꿰매고서, 골목을 쏘다니는 아이마냥 덕지덕지 얼룩을 진득하게 묻히고서, 바람은 불어왔다. 나는 바람의 냄새를 단서로 바람이 불어온 곳의 행적을 유추했다. 그렇게 불어오는 연풍의 냄새를 맡으면 내가 어디로 가는지, 이곳이 어딘지 알 수 있었다.

그렇게 한참을 가다 보면, 고약한 쇠똥 냄새가 코로 맡아졌다. 그 지독한 냄새를 못 견디겠다 싶을 때쯤, 뒷짐을 진 할아버지가 슬며시 눈에 들어왔다. 멀찍이 서서 손을 흔들면, 할아버지는 눈을 한번 가볍게 끔벅이시고는 그제야 더불어 손을 흔드셨다.

그 집 철제 대문은 할아버지만큼 나이가 든 터라 검버섯처럼 군데군데 녹이 슬어, 페인트칠이 다 벗겨져 있었다. 더구나 바닥에 닿지 않고 내 정강이 높이에 매달려 있었다. 그리고 아버지는 자꾸만 정강이를 그 문틀에 꼬라박았다.

아버지의 정강이는 시퍼렇게 멍이 들고, 문틀은 아버지의 정강이에 쓸려 칠이 벗겨졌다. 아버지는 매번 통과 의례인 양 정강이로 문틀을 치며 종을 울렸다. 그때마다, "이게 올 때마다 높아지나 자꼬 부딪치네."라고 멋쩍어 말했지만, 결국에야 늘고 주는 것은 자신의 몸뿐이라는 걸 받아들이고 싶지 않은 눈치였다.

어쩌면 나이가 든다는 건, 몸에 관한 감을 점점 잃어버리는 일일지도 몰랐다. 자꾸만 몸을 의심하게 만드는. 몸의 변화는 갑작스럽게 일어나지 않았다. 몸이 돌연 왜소해지거나 말을 듣지 않는 것이 아니었다. 자연스럽게, 결코 예외가 없는 수순을 충실히 따를 뿐이었다. 그래서 "예전 같지 않다."는 말은 나이가 들며 흔히 하게 되는 말 중 하나였다. 철 지난 일기를 꺼내 읽을 때처럼, 몸도 사소한 일 하나하나가 새삼스럽게 다가올 때가 있었다.

* * *

"아이고, 먼 곳 오느라고 고생했네. 내 강아지."

할아버지는 내 작은 몸에 붙은 손과, 그 손에서 돋아난 손가락이 참 신기하다며 바짝 세워진 수염에 내 손바닥을 비볐다. 그러면 나는 달팽이의 눈을 건드린 듯 손을 꼬깃꼬깃 접었다.

사실, 할아버지의 수염보다 거북했던 건 따로 있었다. 불에 그을려 쪼그라진 고무같이 돼버린 손의 굳은살이었다.

중지와 검지 그리고 엄지의 마디마디마다 정직하게 굳은살이 박여 있었다. 정직하다는 건 나이가 들어서가 아니라, 간격이 균일해서다.

언젠가, 할아버지는 살이 죽어서 그리 된 것이라고, 세게 꼬집어도 아프지 않다고, 어른이 되면 몸이 굳듯 살도 굳는다고 내게 말했다. 때문에, 나는 그것에 차마 싫은 내색을 할 수 없었다. 거기에 대고 짜증을 부려서 그 어디도 더 이상 굳히고 싶지 않아서였다.

나는 할아버지의 세 손가락만 유독 딱딱하게 굳은 이유를 잘 알고 있다. 할아버지는 작은 시골 동네에서 제법 오랫동안 이발소를 해오셨다. 나는, 할아버지 댁에 가리란 사실을 근 한 달간 머리를 자르지 않는 것으로 에둘러 알 수 있었다. 할아버지는 그 흔한 '상고머리'만큼은 잘 잘랐다. 그리고 아버지는 늘 상고머리를 한 내 머리통을 쓰다듬으며 "얼굴이 산다."고 말씀하셨다.

그 시절, 나는 도대체 얼굴이 산다는 말이 무슨 뜻인지 이해할 수 없었다. 뜨거운 욕탕에 들어가 "시원하다." 말했을 때도 그랬다. 나는 그런 말들이 어느 땐 괜한 자랑으로 들려 불편했다. 왜 얼굴이 사는지, 뜨거운 물이 또 어떻게 시원할 수 있는지, 도통 알 수 없는 노릇이었다.

그 말들은 흉내는 낼 수 있지만 완벽하게 사용이 불가능한 말처럼 느껴졌다. 마치 사람 나이를 말로 개량한 것 같았다. 의미나 발음으로 터득되는 게 아닌, 어떤 과정을 거쳐야 쓰일 수 있는 말같이. 나는 어서 자라, 지금 내가 쓰는 말들처럼 그 말이 얼른 시시해져 버렸으면 좋겠다고 생각했다. 아주 먼 곳에서부터 나를 기다리느라 조금 지쳐 있을지도 모르는 그 말들을 빨리 깨치고 싶었다.

할아버지가 의자 뒤편을 발로 꾹꾹 눌러 펌프질을 하면 내 앉은키가 쑥 자랐다. 부족한 높이는 팔걸이 위에 얹은 분홍색 간이 받침대로 조정했다. 거울은 몽땅한 아이를 한입에 집어삼킬 것처럼 여백이 많았다. 적당한 몸집의 사내아이 두세 명이 들어와도 거뜬한, 그런 크기였다.

할아버지가 머리를 다듬을 적엔 바리깡보다 상대적으로 가위를 더 많이 손에 들었다. 어쩌면 그게 할아버지의 재주, 기술, 비법인지도 몰랐다. 내 머리 위로 기계의 진동음이 아닌 사각거리는 가위질 소리가 이명처럼 조잘댔다.

그 소리는 과도로 천천히 껍질을 돌려 벗길 때나, 연필심을 다듬거나, 단번에 휘갈긴 필치와 닮은 구석이 있었다. 소리는 얼핏 들으면 크게 차이나지 않았다. 나는 기분 내키는 대로 불쑥불쑥 그 소리를 지휘했다. 묘하고 유사한 소리의 틈새에 내 의식을 비스듬히 누이면 할아버지는 서툰 손으로 사과를 깎기도, 신중히 한 글자의 획을 긋기도, 처음으로 돌아와 다시 내 머리를 싹둑 자르기도 했다. 소리는 사방팔방, 별의별 것들로 바뀌고 메워졌다.

그런 할아버지의 정겹고 살가운 가위질에, 딱 하나 흠이 있다면 바로 시간이었다. 가위질은 시간을 오래 들여 하는 중노동이었다. 시간도 시간이지만, 머리를 자르는 동안 몸을 못 움직인다는 사실도 꽤나 큰 불편이었다.

나는 얼마간의 지루함이 싫어, 평소 눈에 잘 들어오지도 않던 문구들을 읽고 외워보거나, 어떤 규칙을 만들고 혼자 그 규칙을 따르는 이상한 내기를 벌이며 시간을 때웠다. 시간이 어서 남몰래 지나가 주길 바라던 시절. 시간이 불필요한 여백처럼 느껴졌다.

내가 기억하는, 할아버지 이발소의 오랜 풍경 중 하나는 발을 씻던 일이었다. 이발소를 가려면 얕은 개울 하나를 건너야 했는데, 수심이 터무니없이 낮았다. 돌덩이들은 하나같이 물에 잠기지 못하고 반쯤 몸을 젖혀 흉상처럼 놓여 있었다. 물고기는 제 몸이 드러난 줄도 모르고 느릿느릿 유영했다.

할아버지는 그 목마른 물길을 "수로가 어떻고, 지대가

이래서"라고 설명하지 않았다. 자그만 애한테 들려준 얘기라 곤 겨우 들짐승들이 일제히 목을 축이고 가기 때문이라는 것 정도였다. 할아버지는 아이에게 가르칠 말과 들려주어야 할 말을 구분할 줄 아는 사람이었다. 꼭 많은 말을, 모든 말을 알 필요가 없다고 생각했는지도 몰랐다.

대신, 아이의 입에서 나왔으면 하는 말들이 할아버지에 겐 있는 듯했다. 애가, 애라서 쓸 수 있는 말 같은 것. 나이가 들며 버려야 할 몇몇 습관들처럼, 말들도 그런 게 있다고.

다행인 건 그 말이 애가 애다워야 한다는 일종의 폭력 으로 느껴지지 않았다는 거였다. 그보다는 가능하면 제때 남 겨둬야 할 기념 같았다. 대단치도 않은 관광지에서 부랴부랴 얼른 사진을 찍어 뭔갈 남기고 싶어 하듯이. 결국, 남는 건 그 것뿐이라는 듯이. 그러니까, 할아버지는 내게 말로 초점을 맞 추고 한 시절을 인화해 준 것과 다름없었다.

개울에 발이 빠져 신발이 벗겨지면 멈추고, 손으로 고쳐 신고, 다시 걷기를 반복했다. 일회용 신발을 번갈아 신고 있 는 기분이었다. 발에 묻은 흙 자국은 나를 따라 할아버지의 이발소까지 흘러들어 왔다.

할아버지는 그런 나를 안아 들고 제일 먼저 내 발을 씻 겨주었다. 푸른 타일이 깔린 세면대인지, 수돗가인지 아리송

한 곳에서. 씻겨주는 할아버지 손이 워낙 까슬까슬한 탓에 발이 긁힌 것처럼 붉게 부풀었다. 언젠가 말했던, "살이 죽어 그리 된 손"으로 그랬다.

내 발을 손에 꽉 쥐고 씻길 동안 수그러진 할아버지의 뒷모습은 잎이 성긴 노목처럼 드리웠다 사라졌다. 그 모습은 내가 장롱 속이나 다락방에 들어갔을 때처럼 묘한 안도감을 줬다. 살이 삭으며 나는 쉰내도 간간히 맡아졌는데, 그 냄새가 싫지 않았다.

할아버지는 내 발을 씻고 주무르며 이런저런 말을 붙였다. "발이 작아, 할애비 손에 반도 못 차네." "살이 반질반질하니 곱다." 할아버지는 덜 자란 내 발과 손에, 덜 쓸려서 아직 죽지 않고 뽀송뽀송한 내 살갗에 좋은 말만 해줬다.

그건, 향수에 젖어 하는 말이 아니었다. 할아버지의 말에는, 할아버지 자신이 들어 있지 않았다. 그러니까 "나도 그랬었지."라는, 복기의 말을 하지 않는다는 것이었다. "살결이 참 희다.", "조그만 손에 기똥차게 손가락이 다 들어가네." 하며, 단순히 칭찬하듯 좋은 말들을 골라 나를 치장해줬을 뿐이었다.

또 한 가지, 내게 아스라이 남은 것은 그곳 밤하늘에는 별이 무척이나 많았다는 사실이다. 달이 뜨고 지는 공간에 조밀하게 수놓인 별들은 마치 회중시계 안에 자리한 자잘한 부품들처럼 보였다. 하늘에, 그렇게 무엇인가 빽빽하게 들어찬 광경은 그 이후로도 본 적이 없다.

그때, 나는 문득 세계가 별들에 의하여 움직이는 건 아닐까 생각했다. 분명 별과 별 사이는 까마득하게 먼 거리일 테지만, 저 별들이 톱니바퀴처럼 조금씩 서로의 손을 쓸어내리며 해와 달을 길어 올리고 저물게 하는 것이라고. 한 바퀴에 한 뼘씩.

세계에 무슨 힘이 작용하고 그래서 어떤 움직임을 구사하는지 도통 모르는 시절. 하루가 어떻게 오고 가는지도 모르고, 귀한 손님 대접하듯 마중이나 배웅이랄 것 없이 하루를 훌렁 넘겨버리던 시절. 나는 별들이 아름다워, 세계의 축처럼 보였다.

* * *

내가 얼마큼 자랐을 무렵, 할아버지는 가위질을 그만두셨다. 어떻게든 해보려 노력했으나 손이 말을 듣지 않았다. 잔떨림이 심해졌다고. 가위 날도 칼인지라 잘못하다 큰 사고라도 나면 어쩌나 싶어 하는 수 없이 일을 접었다고 했다. 아버지는 더 이상 상고머리를 고집하지 않으셨고, 나는 돈을 들여 가꿀 만큼 머리가 커져 있었다.

그렇다고 이후 할아버지가 가위를 아예 들지 않았던 것은 아니었다. 가게 문을 닫고도, 가위를 든 적이 딱 한 번 있긴 했다. 가게 내부를 부수고 헐어 수치스럽게 벗겨진 몰골을 보고 난 직후였는데, 할아버지는 여러모로 심란했던 모양이었다.

가게를 막 처분하고 나서도 그랬다. 그 당시, 할아버지는 "거래를 한 게 아니라 내 생명줄을 준 기분"이라고 쓸쓸히 말했다.

가게를 허는 일은 무척 성의 없이 이루어졌다. 작업 현장이라기보다 일방적으로 갈취하는 느낌에 더 가까웠다. 인부 몇 명이, 날이 추워 드럼통에다 폐목재를 넣고 불을 쬐고 있었다.

내 발을 씻기던 그 푸른 타일 바닥 위에서였다. 내부를 헐고 무언갈 새로 짓는다고 했는데, 할아버지가 똑똑히 듣고도 금세 까먹을 정도로 유행을 따르는 것이었다.

순간 한 번도 심심해본 적 없는 할아버지의 손이, 연신 누군가의 머리카락을 자르고, 가꾸고, 다듬느라 모질어진 손이 심하게 외로움을 타듯 떨렸다. 추위 때문만은 아니었다. 그러기엔 할아버지 얼굴에, 그 손에 너무 많은 감정이 섞여 있었다.

그날, 집에 돌아온 할아버지는 대뜸 내게 머리를 잘라주
겠다고 했다. 장소만 바뀌었을 뿐, 그동안 써온 온갖 도구를
버리지 않고 있었다.

　　할아버지는 흰 커트용 보자기를 내 목에 둘렀다. 중앙에
사람의 옆얼굴과 머리칼 몇 가닥이 크로키처럼 대충 그려져
있는 천이었다. 날이 추워 방바닥 위로 찬 기운이 올라왔다.
창틀도 성긴지, 수시로 외풍이 들었다.

　　마땅한 전신 거울이 없어, 손거울을 한 손에 쥔 채 할아
버지가 머리 자르는 모습을 살폈다. 내 얼굴 뒤편으로 집 안
의 모양새가 힐끗 비쳤다. 긁히고 파인 자국이 역력한 노란
장판, 찌그러지고 색이 바랜 요강, 옻칠 때문에 번쩍거리는
자개장도 보였다. 그 사이로 계속해서 떨고 있는 할아버지의
손도.

　　할아버지는 아랑곳하지 않고 가위를 쥐었다. 일단 손에
묵직한 게 잡히니, 떨림이 처음보다는 덜했다. 예전과는 다르
게 주저하고 머뭇거리는 손길이었으나 천천히, 침착하게 내
머리칼에 길을 냈다.

　　가위질을 몇 번 하다 쉬고 자르기를 반복했다. 머리 한
뼘을 자르는 데 평소보다 긴 시간이 소요됐다. 그 시간이 지
루한 건 아니었다. 가만히 앉아 들려오는 소리에 집중했다.

얼마 못 가 할아버지는 가위질을 멈췄다. 너무 고되어, 다 자르진 못하겠고 다듬기만 하자는 뜻이었다.

원래 같았으면, 면도도 해줬을 할아버지. 그러나 겨우 가위를 쥔 할아버지의 손은 연약했다. 뭐든지 일은 벌이는 것보다 마무리가 중요한 법이라고, 털도 안 난 애 솜털까지 면도해주던 할아버지의 모습이 떠올랐다. 머리는 전보다 조금 단정해진 정도였다.

나는 바가지로 찬물을 퍼 대야에 옮겨 담았다. 파란 타일 바닥이 아닌 시멘트 바닥에 맨발로 쭈그려 앉은 채였다. 정수리에 물을 부었다. 머리가 쩽하니 뒤통수가 얼얼했다. 머리칼 몇 가닥이 수챗구멍으로 빨려 들어갔다. 누군가의 연약한 손, 여린 힘을 받아 잘린 머리칼이 맥없이 물길에 휩쓸려가고 있었다. 그때까지만 해도, 머리 깎는 일이 이처럼 시큰한 일이 될 줄은 몰랐다.

_____ 함부로
위로하지 말고

그녀는 택시 운전수였다. 내가 그녀를 알게 된 건, 우연히 그녀의 택시를 타고 난 이후였다. 그녀에게는 오랫동안 한 가지 일을 해온 사람만이 갖는 고유의 더듬이 같은 게 있었다. 특정 시간대, 어느 구역에 유동 인구가 많은지, 매번 같은 곳, 같은 시각에 택시를 잡아타는 사람들에 대한 정보 등. 그녀가 손수 부지런히 파악해 놓은 목록들이 있었다.

나도 그 사람들 중 하나였다. 그녀는 스스로 염두에 둔 장소를 매일같이 돌아다녔다. 나는 그녀의 승객이 된 적도 그렇지 않은 적도 있었다. 하지만 그녀의 더듬이 덕에 생각보다 자주 그녀의 승객이 되었고, 다른 택시보다 친근하게 느껴지기까지 했다. 혹여 조금 늦는 걸까 싶을 땐 십여 분 정도 더 기다렸다. 어쩌면, 나는 그녀에게 약속을 하고 있는지도 몰랐다. 또 그런대로 그녀와 오랫동안 기사와 승객으로 만났던 걸로 봐선, 아마 그녀도 내심 그런 약속을 바랐던 건 아닐까 싶다.

그녀가 모는 택시는 분홍색 차체에 선팅이 무척 짙었다. 차에 처음 탔을 땐, 거의 동굴에 기어 들어간 느낌이 들 정도였다. 워낙 짙다 보니, 안에서 모든 색들의 명도가 한층 낮아지거나 풀이 죽은 듯 흐릿했다. 앞창에서 간신히 새어 들어온 빛이 차 안을 희미하게 밝혔다. 나는 그녀에게 물었다.

"선팅이 꽤 짙네요."

그녀는 기어를 손으로 주무르다, 룸미러로 나를 힐끗 보며 말했다.

"이거, 되게 비싼 돈 주고 한 거예요. 정품으로다가."

내가 물어본 이유는 어딘가 위험해 보여서였다. 사실 운전이 능숙한 그녀로선 별문제가 아니었을지도 모르지만, 내가 보기엔 어두컴컴한 차 안에서 바깥 상황을 판단하고 구분해내는 게 쉽지 않을 것 같았다.

"너무 어둡지 않아요? 잘 안 보일 것 같아서요."

그녀는 이 정도가 뭐 큰일이냐, 싶은 눈치였다.

"에이, 잘만 보이는데요 뭐. 위험한 거 하나도 없어요. 오히려 선팅을 하면 차 안이 안 보이니까 시비 거는 사람이 없어서 덜 위험하죠. 여자가 운전대만 잡으면 덤비는 사람들 많잖아요. 그런 게 없어서 좋죠."

이 모든 말을 그녀는 웃으면서 말했다. 아이처럼.

우리는 보통 늦은 저녁 시간대에 만났다. 삶의 리듬이 흔히 그렇듯, 거리는 일과를 마친 사람들로 붐볐다. 그것은 이토록 많은 부류의 사람들이, 실은 같은 삶의 유속으로 흐르고 있구나란 사실을 상기시켰다. 가로등 조명은 어쩐지 피곤

한 인상을 줬다. 물기도 없는데, 젖은 것처럼 빛이 번져 보여 더 그랬다.

도로의 차들은 아주 천천히 조금씩 움직였고, 앞으로 길게 줄 선 차의 대열 안에서 각자 컴컴함을 버티는 사람들이 보였다. 그들은 전화를 하거나 급하게 음식을 삼키거나 했지만, 대개 아무것도 하지 않는 경우가 더 많았다.

나는 그런 대열에 합류하고 있다는 사실만으로도 어렴풋한 안도감을 느꼈다. 다들 별반 다르지 않다는 사실이 다행이라 여겨졌다. 그때마다 내가 예외가 된 사람이 아니라, 지극히 평균에 합당한 사람이라는 걸 보증 받은 기분이었다. 예전엔 평균이라는 말에 거부감이 들었던 시절도 있었는데, 요즘 들어 그런 말이 이상하게 위로가 됐다. 평균이 나쁘다는 뜻은 아니었다. 다만, 어느샌가 내가 그런 말에 지나치게 의존하고 있다는 사실이 조금 낯설 뿐이었다. 높고 낮음이, 최대와 최소가 만나 점점 수렴되어 만들어진 평균이. 이렇게 크고 힘든 거였나 하는 생각에 자주 새삼스러웠다. 그러고 보면, 평균의 의미가 시시각각 변화해온 과정이 내 삶인 것도 같았다.

그녀는 운전 솜씨만큼이나 입담이 좋았다. 한번 이야기가 시작되면 계속해서 다른 이야기로 넘어가고, 그것들은 전혀 지루한 법이 없었다. 대부분 차를 몰며 듣거나 경험한 일이었다. 아내 몰래 지방까지 내려와 친구들과 거하게 술판을 벌이다가 결국 들켜 올라간 사람처럼, 당사자가 아니어서 웃을 수 있는 이야기들. 자신의 처지가 만들어낸 재미, 웃음 같은 것들 말이다.

언젠가 그녀는 영수증에 관해 말한 적이 있었다. 보통 손님들은 영수증을 가져가지 않는다고. 영수증이란 게 별것 아닌 가격표쯤으로 여기곤 하지만, 사실 그 안에 많은 정보가 담겨 있다고 말했다. 결제 일시와 차량 번호, 운전자의 이름은 물론이고, 주소, 전화번호 심지어 차량 탑승 및 하차 시간까지. 영수증엔 그녀와 탑승자의 일과가 적혀 있는 것과 다름없었다. 그런 영수증은 여러모로 쓸모가 많았는데, 특히 택시 뒷좌석에 놓고 내린 핸드폰이나 지갑 같은 소지품을 찾으려 전화를 해야 할 때 유용했다.

그녀는 손님 물건을 찾아줄 때 보수 같은 걸 바라지 않고 일일이 찾아가 물건을 전해주었다. 가끔, 손님을 태우느라 전화를 못 받거나 꽤 먼 거리를 지나와 시간이 걸리는 경우에는 연락이 물밀 듯이 쏟아졌다. 대개 "택시에서 내린 지 얼마 되지도 않았는데 왜 이렇게 늦냐." "전화를 왜 안 받냐." "요즘 기사들이 분실한 핸드폰 팔아다가 돈벌이한다던데, 신고할 거다." 같은 무례한 내용이었다.

어쩌면 다시는 서로 만날 일이 없는 관계라서. 혹은 손님으로서의 마땅한 대우 정도로 생각해서 그랬는지도 몰랐다. 그렇다고 좀 전까지 얼굴 본 사람끼리 어떻게 그런 말을 서슴없이 뱉을 수 있는지 그녀는 도무지 이해할 수 없었다. 사람들이 미안해하기는커녕 '내 물건 내가 받는데 왜'라는 식으로 너무나 당당하게 행동하는 걸 보면 정작 난처해지는 건 자신뿐이었다고.

그 많은 전화들 중에서 그녀는 가장 인상에 남는 게 하나 있다고 했다. 한 손님을 내려주고 얼마 지나지 않아 문자 한 통이 왔다. 보통 다짜고짜 전화를 거는 일이 대부분인데, 운전 중이란 사실을 염려한 모양이었다. 그 문자 내용은 이러했다.

"제가 감자튀김을 뒷좌석에 두고 내렸어요. 그거 드세요. 감사합니다."

그녀는 이 문자 한 통을 보고 많은 생각이 들었다고 했다. 놓고 간 게 일부러 자신에게 주려고 놓고 갔다는 걸까. 실수로 두고 간 걸 되받기 뭣하니 그냥 알아서 해결하란 건가. 그럼 가져다드려야 하나.

결국, 그녀는 감자튀김을 먹기로 결정했고 시트에 튀김

냄새가 밸까 걱정이 돼, 차에서 내려 찬바람을 맞으며 꾸역꾸역 다 먹었다고 했다. 무슨 감자가 이리도 굵고 큰지 신기해하며. 달짝지근한 소스를 자신도 모르게 옷깃에 묻혀가며. 그리고 그날은, 온종일 종잡을 수 없는 기분으로 차를 몰았다고 했다. 참 이상했다고. 하지만 싫진 않았다고.

* * *

그러던 어느 날, 그녀는 옆 좌석에 케이크 한 상자를 싣고 왔다. 아들이 생일이라 산 것이라고 했다. 기념하고 축하해주는 일은 언제나 사람을 기분 좋게 만든다는 뜻에서, 아들에게 무언가를 선물하고 싶다는 의사를 표했다. 그녀는 괜찮다며 손사래를 쳤다. 나는 거의 조르다시피 해 기어코 허락을 받았다.

"그럼, 내일 아들을 태우고 올 테니 그때 주시겠어요?"

그런데 집으로 돌아와 생각해보니 아들의 나이를 묻지 않았다는 사실을 알아차렸다. 기왕이면, 어느 연령대의 평균에서 크게 벗어나지 않았으면 해, 늦은 시간에도 불구하고 전화를 걸었다. 그녀가 알려준 영수증에 적힌 번호를 통해서였다.

"선물한다면서 나이도 안 물어봤네요. 아니면 가지고 싶은 게 있는지 물어봐주실래요?"

그녀는 요리를 하는 중이었는지, 식기끼리 부딪치는 소리가 간간이 말 사이에 섞였다. 그녀는 아들의 이름을 크게 서너 번 불렀다. 가지고 싶은 게 있느냐고 묻는 것 같았다.

"과자를 먹고 싶다는 데요. 과자 몇 봉지만 사주세요."

그 말을 듣고, 어림잡아 유치원생 정도 되는 어린아이일 거라고 생각했다. 손을 잡고 슈퍼에 데려가 먹을 것을, 마음껏 고르라고 하면 되겠다 싶었다.

다음 날, 그녀는 약속대로 아들을 데리고 나왔다. 늦은 밤이었다. 큰 짐짝을 꺼내듯 옆 좌석에서 무언가를 끄집어내는데, 그게 아들일 줄은 미처 알지 못했다. 언뜻 봐도 스무 살쯤 되어 보이는 건장한 사내였다.

심하게 부끄러움을 타는지, 팔로 얼굴을 가리려 애쓰며 그녀의 뒤로 파고들었다. 그때마다 그녀는 주책맞게 왜 그러냐고, 그의 등짝을 치며 채근했다. 아이가 부끄러움을 많이 타니 이해해달라며 수줍은 표정으로 내게 부탁했다. 나는 아무렇지 않았다.

나는 그에게 받고 싶은 게 뭐냐고 물었다.

"과자."

정확한 문장으로 말한 것이 아니라, 한 단어만을 꺼내어 그렇게 대답했다. 내겐 그 "과자"라는 대답은 어딘가 이상하게 들렸다. 해석은 되지만 이해는 되지 않는 말 같았다. 선물로 과자를 사달라는 그 말이, 이제껏 가늠했던 평균에서 꽤 멀어진 말이라 더욱 그랬다. 스무 살 된 사내가 생일 선물로 과자를 사 달라는 말, 나는 여태껏 그런 부탁을 들어본 적이 없었다.

거리엔 악을 쓰며 고래고래 소리를 질러대는 취객들이 많았고, 매스껍고 시큼한 냄새도 자주 풍겼다. 그건 제 기분에 잔뜩 취한 젊음이 바글거리며 내는 소리이자 체취였다. 사방이 검게 그을린, 늦은 밤. 그 밤, 나는 그와 함께 근처 제과점으로 걸음을 옮겼다.

횡단보도 건너, 늦게까지 문을 연 수제 제과점이 하나 보였다. 에클레어, 몽블랑 쇼콜라, 슈톨렌, 모르는 이름들과 한 번쯤 들어봤던 이름들이 제각각 이름표를 달고 전면에 진열되어 있었다. 하나같이 아름답고 우아했다. 팔리길 기다리는 게 아니라, 과시하고 뽐내려는 자랑처럼 보였다. 그녀가 가게 문을 열자, 노랗게 채색된 빛이 밖으로 쏟아져나왔다.

그러나 그는 들어가지 않으려는 눈치였다. 창피한 건지 무서운 건지 모를 몸짓이었다. 두 손은 주머니에 넣은 채 고개를 바닥에 끌며 걸음을 물릴 뿐, 팔을 잡아당겨도 꿈쩍하지 않았다. 그러고 보니, 나는 그의 얼굴조차 제대로 보지 못했다.

그녀는 그에게 "왜 그러니, 이러면 안 되는데 왜." 하며 꾸중인지 사정인지 모를 비슷한 말을 했고 내겐 "미안해요, 애가 좀 이래서 이해 좀 해주세요." 하며 난처해했다. 그사이, 나는 가게에 들어가 손에 집히는 대로 담아가지고 나와 그에게 건넸다. 그는 그때까지도 그녀의 등 뒤에 숨어 얼굴을 반쯤 가린 채, 얼핏 보면 째려보는 듯한 눈빛으로 나를 흘겨봤다. 마치, 자신을 숨기려는 것 같았다. 선물을 받아 든 그는 몸 전체가 발갛게 달아오르며 심하게 부끄러움을 탔다. 아이처럼.

붉다 못해 시뻘건 얼굴들이 혼잡스럽게 얽혀 있는 그 밤. 불안정하게 비틀대면서도 세상 사람들이 죄다 우습게만 보인다는 듯 호기로운 취객들 사이, 수줍고 엉성한 그의 붉은 얼굴은 다른 얼굴들보다 유독 맑아 보였다. 그리고 선명했다. 그의 얼굴과 그 얼굴을 바라보는 내 얼굴 사이로 쓴 바람이 지나갔다. 그 바람은 꽃의 향취같이, 부는 게 아니라 피는 것처럼 느껴졌다.

오늘 장사할 몫의 일부를 접고 아들을 데려온 그녀는, 자신의 아들이 무척 실례를 한 것 같다며 미안해했다. 그러면서 헤어지는 인사로 "볼 수 있으면 또 봬요. 고마워요."라고 어떤 불편한 암시가 느껴지는 말을 던지고 떠났다. '볼 수 있으면'이라는 그 가정. 어차피, 우리는 명백한 이유로 만난 것은 아니었으나, 그 말은 가정과 약속 사이 어딘가 애매하게 걸친 우리의 만남을 한쪽으로 확 끌어당기는 것 같았다.

다행히, 그 말은 사라진다는 뜻은 아니었다. 정말, 만날 수 있으면 만나자는 말. 이제껏 그래왔듯 앞으로도 그러자는 약속이었다. 그다음 날, 그녀와 나는 같은 시간, 같은 장소에서 기사와 승객으로 다시 만났다. 흔히 묻던 안부 대신, 그녀는 어제의 일을 먼저 이야기했다.

"어제는 죄송해요. 애가 부끄러움을 많이 타서 그래요. 심한 건 아닌데, 경도의 지체 장애가 있어서요. 사주신 선물도 맛있게 잘 먹었어요. 애도 엄청 좋아하더라구요. 고마워요."

충분히 그럴 수 있는 일이, 정말 어쩔 수 없는 일이 있을 텐데 매번 일일이 용서를 구해야 한다면, 그것은 얼마나 가혹한 걸까.

"그 애가 원래 그러지 않았는데, 크면서 더 그렇게 됐어요. 말도 없고. 노력한다고 하는데, 어쩐지 돌처럼 더 단단하게 굳는 것 같아요."

노력은 단지 노력일 뿐이란 걸, 아이를 통해 실감한다는 건 도대체 어떤 기분일까. 더구나 제 자식이라면. 그녀는 계속 말을 이었다. 어릴 때는 애라서 그녀가 아이를 통제할 수

224

있는 부분들이 많았는데, 크면서 그런 게 안 된다고 했다. 그런 우려는 점점 분명한 실체로 다가왔다.

특정 연령에 도달하면서 오직 육체만 무시무시하게 커가는 모습이 그녀는 애달팠지만 한편으론 무서웠다고. 어제, 아이의 손을 부여잡고 가게 안으로 들어가려는데 꼼짝 않고 버티던 그 애의 완력에서 그런 걸 느꼈다고 했다. 룸미러에 가까스로 걸쳐 있는 그녀의 눈매가 비쳤다. 언뜻, 그 사내가 겹쳐 보였다. 사내와 함께 있으면서 보았던 것이라곤 전체적인 몸의 윤곽과 눈매뿐이었으니까.

"그걸 고집이라고 해야 하나. 고집은 아닌데, 아무튼 고집 비슷한 게 있어요. 똑같은 옷을 일 년 내내 입는다든가 하는 식의. 그게 정말 고집일까요."

* * *

이유 모를 완강함. 고집은 아니지만, 우리로선 고집이라고 설명할 수밖에 없는 일들을 그녀는 늘 보고 겪었다고 했다. 아들 스스로 자신은 납득할 만한 이유를 갖고 있는 걸까, 그런 게 분명 있을까. 있다면, 도대체 그건 무엇일까.

그녀는 매일같이 자신조차 이해하지 못한 아들의 어떤 고집들을, 타인에게 해명해야 했다. 사실, 그 해명에는 별다른 말이 필요했던 것은 아니었다. 도통 속을 알 수 없으니 내게 했던 말처럼 "애가 아픕니다." "좋지 않아요." 정도의 말. 그러면, 대개 어느 정도 이해하고 넘어갔다. 그들은 "아무렇지 않아요. 괜찮습니다."와 같은 말로 그녀를 위로했다.

하지만, 그녀는 아무렇지 않을 수 없었다. 괜찮지도 않았다. 그녀는 정말 알고 싶었다. 그럴 수도 있다는, 어떤 배려나 이해가 아니라 진심으로 알고 싶었다. 타인은 모를, 딱히 알고 싶지도 않았을. 몰라도 괜찮은 것을. 자식이 일 년 내내 같은 옷을 입기 시작할 때, 그녀는 그 이유를 알고 싶었다. 괜한 부끄러움을 심하게 탈 때도, 그녀는 그 이유를 알고 싶었다. 한동안 말을 잃었을 때도, 시선이 불안정하게 흔들릴 때도 그녀는 그 이유를 모두 알고 싶었다.

그녀에게 아들은 모르는 사람. 이해는 하지만 결코 알 수는 없는 사람이었다. 아들은 자신에 대해 아무런 말이 없는 사람, 그리하여 그녀의 말로 채워 넣어야 하는 사람.

"그 애는 말이 없어요. 자신이 어떤 기분인지, 무슨 상태인지, 뭘 하고 싶은지, 왜 그런지 말하지 않아요. 그걸 알고 싶어요."

그녀는 이 모든 이야기들을 웃으면서 말했다. 도로의 신호를 눈으로 읽다가도, 간간이 눈꺼풀을 깜빡거리면서. 그녀는 자식 자랑을 얼마간 더 하다가 화제를 돌렸다. 이야기는 그녀의 입담을 따라 자연스럽게 다음으로 넘어갔다. 당사자가 아니어서 웃을 수 있는 이야기들. 처지가 만들어낸 재미, 웃음 같은 것들로.

택시 안. 차 시트 특유의 묘한 가죽 냄새가 진동한다. 창밖으론 고만고만한 크기의 차들이 들어오고 빠져나가고, 휘었다 멈추길 반복한다. 어디로 가는지 잘 모르겠지만 분명 어딘가에는 도착할 차들이, 꼬이고 구부러진 도로의 규격을 따르고 있다. 비슷한 속도로, 조금은 엇갈린 속도로. 그녀가 한 번쯤 가보았을 길을, 어쩌면 수십 번도 더, 아니면 한 번도 가보지 못했을 길을 달린다. 그 광경은 남과 북을 잇는 대교에서도 보이고, 속이 좋지 않아 숙취 음료를 고르고 있는 편의점 앞 도로에서도 보인다. 그녀는 매일 등으로 손님을 받으며, 도로의 등을 본다.

그것은 끝까지 알 수 없는 누군가의 속내를 닮았다. 택시 안. 에어컨에 거치대를 걸어 올려둔 휴대폰에선 콜 신호가 맥박처럼 이어진다. 띵동, 띵동. 그녀는 일일이 거절 버튼을 눌러 넘긴다. 이따금씩 서슴없는 무례가, 불편이 담긴 연락들도 배달되지만, 그녀는 그것들을 거절하지 않는다.

이름 없는
국수가게

거친 일을 할 때였다. 하루 종일 박스를 만들고, 채워 넣고, 밀봉하여 쌓아두는 일이었다. 대부분이 통조림이나 식용유 같은 것들이었다. 그 일을 통제하고 담당하던, 일손이 부족할 때나 가끔씩 거들던 팀장이 내게 박스 하나를 보여주며 접을 수 있느냐고 물었다. 추석 선물용 포장 박스였다. 박스는 접을 줄 아는데 당연한 것을 물어볼 리 없으므로, 모르겠단 표정으로 그를 쳐다봤다.

"박스를 이제껏 얼마나 접어 봤어?"

셈할 필요도 없었다. 나는 열댓 번은 접어봤단 식으로 대답했다. 그는 '고작?'이라는 표정을 지었다. 아닌 게 아니라, 그는 정말 박스를 기계처럼 접었다. 현란하게 움직이는 손을 보면, 기예단의 단원 같아 보였다. 손동작이 워낙 재빨라서, 담거나 쌓아두는 일이 접는 속도를 쫓지 못할 정도였다. 그의 손에 징그럽게 많은 굳은살이 여기저기 박인 것도 어쩌면 당연했다. 일이 손에 익은 만큼, 손의 감각은 물러졌을 터였다.

나는 종종 그런 살갗을 볼 때마다 하나의 삶을 상상하

고 싶어졌다. 굳는 일은 언제나 시간을 동반했고, 그건 자신
만의 수공예로 삶을 몸에 새겨 넣은 일종의 증명 같은 거였
다. 굳은살의 위치와 그 규모를 가늠하면, 무지막지한 노동으
로 집약된 한 삶이 부표처럼 떠올랐다. 그러니까, 굳은살은
마치 한 삶의 연혁처럼 느껴졌다.

* * *

　관광버스로 언 한 시간 반가량을 달려야 도착하는, 꽤
먼 곳에 지어진 작업장이었다. 건물 외관은 비교적 깔끔했으
나, 내부까지 그런 것은 아니었다. 천장은 웬만한 3층 건물
높이쯤 될 정도로 높았는데 위가 휑하니 뚫려 있었다. 더구나
따로 마감하지 않은 천장엔 무슨 역할을, 무엇을 실어 가는지
도 모를 배관들이 장기처럼 어지럽게 얽혀 있었다.

　깨진 창 사이로는, 야생 조류들이 가지를 물어다 둥지를
틀었다. 시린 바람도 그 창으로 함께 넘어 들어왔다. 작업을
위해 최소한으로 마련된 공간. 그건 동네 허름한 레스토랑에
서 어떤 격식을 따르기 위해 대충 차려 놓은 식전 빵처럼 성
의 없어 보였다.

　바닥엔 누군가 남기고 간, 목장갑과 틴트, 선크림이나
립밤 같은 것들이 아무렇게 널브러져 있었다. 그들은 추위에
성에처럼 튼 볼이나 입술에 크림이나 립밤 같은 것을 연신

230

덧칠하다가도 분이나 틴트로 색을 입혔다.

그곳에서 일하던 젊은 남자와 여자들은 많은 것을 서로 의식하고, 보여주고, 보고도 싶어 했다. 그들은 어떤 밀도 높은 감정들을 주체하지 못해 난감해하기도 하고 어려워하기도 하다가 서로 눈이 맞아버리는 경우도 있었다.

그건 전혀 주책맞는 일이 아니었다. 마음이 도통 제 마음대로 따라주지 않을 나이에, 뭐든 하고 싶은 나이에, 하필이면 찾아온 힘든 시기. 언제라도 찾아올 수 있고, 어떤 식으로 와도 이상하지 않은 불우한 시기와 순차적으로 진행되고 있던 삶의 수순이 좋지 않게 맞아버린 것뿐이었다. 단지, 그뿐이었다.

그곳에선 사고가 잦았다. 각자 부주의해서 벌어지는 경우가 대부분이었다. 주의를 하라 일러도, 사소하게 늘 베고 찢어졌다. 사실, 다쳐도 크게 내색하거나 앓는 소리를 내는 사람은 없었다. 몸을 과도하게 써 버릇하는 일을 할 때면, 거의 그런 태도를 보였다.

큰 사고가 나도 쉬쉬하며 넘어가는 눈치였다. 사고 당사자조차 그랬다. 불미스러운 일로 작업이 중단되는 것을 원하지 않았다. 그건 몸이 상하는 일보다 더 생계를 위협하는 일이었다. 안전이니, 교육이니 하는 것은 그들의 안위를 진정으로 걱정하지 못했다. 누군가의 아픔을 경청하는 것은, 어디까지나 그 아픔이 또 다른 타인을 해하지 않는 범위 내에서였다.

추석이나 설에는 참치 통조림이나 식용유 같은 것들이, 본격적으로 한파가 시작되는 겨울철엔 전기장판 같은, 시기마다 소비되는 상품들이 있었다. 철마다, 날마다 필요한 것들과 해야 할 것들이 거르지 않고 몰려들었다. 온갖 상품은 그런 삶의 문법이랄까, 수순을 잘 따르고, 인도됐다.

사람들은 알았다. 비록, 이러한 삶의 흐름에 잘 따르지 못해도 그러한 구간을 지금 지나는 중이라는 걸. 레일 위를 구르며 쏟아지는 전기장판으로, 포장이 다 터져 새는 젓갈이나 김칫국의 맵고 아린 냄새의 진동으로, 물품의 골격과 부피로. 가져본 적은 없으나 줄곧 듣고 보아온 브랜드를 보고 느꼈다. 그런 것들을 운반하며 느끼는 왠지 모를 소외감과 서운함, 죄책감으로도.

그렇게 종일 일을 하다 보면, 코로 쓴 내가 맡아졌다. 각종 음식 냄새, 한 번도 손길이 닿지 않은 상품의 플라스틱 냄새로도 가려지지 않는 기계 냄새. 사무의 냄새와는 거리가 먼, 부식腐蝕의 냄새였다. 그 냄새는 몸 깊숙이 코로도 들어오고 입으로도 들어왔다. 빽빽하게 먼지 낀 숨과 함께 마시느라

코와 입이 자주 매웠다. 기침을 하면 시커먼 분이 입에서 쏟아져 나왔다.

우리는 목캔디나 보온병에 데운 음료를 넣어 들고 다니며 막간을 이용해 목을 축였다. 적당히 데워진 음료는 목의 묵은 먼지를 가라앉히고, 몸 여기저기로 온기를 배달하며 신체의 감각들을 진하게 우려냈다. 그건 이 공간에서 유일하게 냄새가 아닌 향이 나는, 쓴 내가 아닌 맛이 나는 순간이었다. 생전 처음 들어보는 이국의 차도, 잎차도 아닌 고작 녹차나 메밀차 티백 따위가 전부였지만.

맛을 알건 모르건 간에 우릴 수 있는 티백은 죄다 가져다가 마셨다. 부동산 사무실이나 근처 식당에서 한두 잔씩 끓여 마시라고 바구니에 가지런히 놔둔 걸 습관처럼 주머니에 넣어 가져온 것들이었다. 평소 집에서는 물 끓이기도 귀찮아 거들떠보지도 않던 것인데, 이곳에선 유독 그런 게 간절했다. 번거롭지만 그런 일을 하고 싶었다. 또 필요했다.

새 사람이 왔을 때, 제일 먼저 묻는 질문은 "뭐하다 왔어요?"였다. 내게도 그렇게 말했다. 뭘 하다 왔느냐고, 지난 삶이 건너온 이력을 물었다. 그 말은, 무언가 많은 것을 가르고 재는 말처럼 들렸다. 되돌아갈 수신지를 묻는 말 같기도 했다. 실제로도 그랬다. 잠깐 머물다 가는 사람들이, 자의든 타의든 이곳에선 오고 가는 사람들이 늘 많았다.

오고 가는 사람들 중 많게는 서너 명, 보통 한두 명의 외국인이 있었다. 입에 밴 자국의 억양으로 일그러진 한국어를 구사하는 그들은, 그 말을 어학원 같은 교육 기관에서 배운 게 아니었다. 그들의 말은, 나라를 넘어오며 같이 넘어온 생활로 터득한 말이었다. 그래서 말에 종종 주어가 없거나, 두서가 없었다.

물건으로 치면, 곳곳에 이가 빠지고 금이 간 그릇 같았다. 무언가를 담을 수는 있으나 맵시가 살지 않고, 내용물이 밖으로 줄줄 새는. 그래서 그 말들은, 우리가 이미 쓰는 말이지만 이상하게 거부감이 들었고, 종종 물 새듯 문장에 필요한 낱말 몇 자가 새어 의미를 파악하기 힘들 때도 있었다.

그들에게 가장 많이 건네는 말이 "박스는 접을 줄 아느냐."나 "해본 적 있느냐.", "힘드냐."가 아닌 바로 "오케이."였던 것도 그런 이유였다. 일종의 신호였다. 특정한 행동을 취한 다음, 알아들었냐는 식으로 손을 동그랗게 말아 "오케이?"라고 물었다. 그러면 알아들었다는 대답으로 따라서 손을 동그랗게 말아 쥐거나 고개를 끄덕였다.

사실, 일을 하는 데 별다른 말이 필요한 건 아니었다. 몸으로 하는 일은 흔히 그랬다. 복잡하게 말을 주고받을 필요가 없었다. 모든 일은 아주 단순하고 기계적으로 이루어졌으므로, 말보단 몸으로 체득해야 할 과정이 많았다. 유독 외국인의 유입이 잦은 건 아마 그 때문일지도 몰랐다. 스스로 잘 모르는 말이 오고 가고, 누군가의 알선을 받아 도착한 이곳에선 크게 말이랄 게 없었다.

그럼에도, 외국인들은 오래 머물지 못했다. 대다수가 일주일을 채 넘기지 못하고 연락을 끊거나 작업 도중 도망가는 게 다반사였다. 그때마다 사람들은 이미 가고 없는 사람을, 마치 있는 사람처럼 불러내 흉을 봤다. "그것 봐라, 걔들은 이래서 안 된다." "일하는 게 다 힘들지, 조금 힘들다고 도망을 가냐." "이래서 한국에서 어떻게 생활하려고 저러는지 모르겠다."

나는 그들이 어떠한 안부의 말도 남기지 않은 채 사라지는 이유가, 가끔씩 서로가 서로에게 자양 강장제처럼 주는 위로의 말이, 그런 말들이 없어서일지 모른다고 생각했다.

그들의 말에 종종 주어가 없고, 두서가 없는 것처럼 그들에겐 친절의 말이, 배려의 말이 없기 때문일 거라고. 종일 "아프다, 아파요." 해서 들은 대답이라고는, "원래 그런 일이다." 가 전부였으니까. 그 말은 많은 것이 제거되어 너덜너덜해진 말, 함부로 쓰는 성의 없는 말 중 가장 흔한 말이었다.

일은 간단하고 명료했다. 누군가 담으면, 누군가는 그것을 쌓아두고 수신지로 잘 보내면 되었다. 철저히 분업화된 방식으로, 그 과정엔 각자의 호흡이 있었고, 규칙이 있었다. 그리고 그 모든 것은 종내 하나의 큰 질서를 이뤘다.

그들은 그렇게 스스로 세운 질서에, 자신의 규칙과 방식에 큰 자부를 가지고 있었다. 마치, 전혀 수줍을 것 없는 유일의 자랑처럼.

그래서 처음, 내가 박스를 아주 서툰 솜씨로 빠듯하게 접는 걸 보았을 때 그들은 참지 못했다. 아주 과격하게 나를 몰아세웠다. 한 사내가 못마땅하다는 듯이, 내게 불편한 기색을 잔뜩 비친 것도 아마 그런 연유였을 것이다.

나는 서툴게 박스를 접었고, 그로 인해 그들만의 호흡, 방식, 규칙 등 모든 질서가 망가지고 있었다. 그때 내 또래쯤 되어 보이는 사내가, 손으로 쥐고 있던 박스를 잡아챘다. 나는 이런 무례한 행동을 너무 당연하고 익숙하게 하는 걸로 봐서 그가 꽤 오랫동안 이런 일을 해왔음을 짐작할 수 있었다. 그가 말했다.

"아저씨, 저리 비켜서 제가 하는 거 한번 보세요. 동작이 단순해야 하는데 그러질 못하네."

나는 한 걸음 뒤로 물러나 그가 하는 손짓, 전반적인 모든 과정을 집중하며 아무 말 없이 지켜만 봤다. 손동작이 간결했고, 특정한 지점에서 힘을 주었다 풀었다 하니 전체적인 윤곽이 잡혔다. 한 치의 오차도 없었다. 대충 한 것 같았는데 네댓 개의 상자가 반듯하게 접혀 나왔다. 정말 군더더기라곤 찾아볼 수 없는 동작이었다.

그는 고장 난 테이프처럼 계속해서 "단순해야 해, 단순."이란 말을 돌려 말했다. 그러곤 접어놓은 상자를 쌓아두지 않고, 바닥에 내동댕이쳐버렸다. 이제부터 알아서 눈치껏 해보란 말이었다. 나는 그가 취했던 동작과 호흡, 심지어 무신경한 듯한 그의 태도까지도 따라 하기 시작했다. 그렇게 그들이 만들어놓은 질서에 점점 편입되어 가고 있었다.

나는 그날 자정, 그와 한 번 더 말을 나눴다. 이번엔 일방적이고 무례한 태도로 말을 걸어온 것은 아니었지만, 어떤 적대가 느껴지는 특유의 야성적인 모습은 그대로였다. 그가 말했다.

"저기요, 여기 돈 얼마 받고 왔어요?"

우린 모두 어느 인력 업체에서 파견 나온 노동자들이었다. 같은 공간에서 종일 살을 맞대고, 자조적인 농담도 섞어가며 일했지만, 가끔 급여가 차이 나는 경우가 있었다. 그리고 그 차액이 한 무리를 만들기도 했다. 그것은 그들의 잘못이 아닌데도, 그들의 원죄인 것처럼 비아냥댔다. 그건 힘을 잃고 방향을 잃어, 길을 잘 못 든 원망 같은 거였다.

그는 내게 급여 말고도 많은 것을 물었다. 제일 처음, "뭐하다 왔느냐."고 물어온 이도 바로 그였다. 그는 이것저것을 잘 묻거나 따지다가도, 틈만 나면 사람들에게 일을 지시하고 쏘아댔다.

그가 내게 나이를 물었을 땐, 적잖이 고민해야 했다. 이런 일터에선 나이가 큰 대수도 아닐 뿐더러 대우받기란 더더욱 어렵다는 사실을 알고 있었다. 그래도 나이는 여러모로 중요했다. 나이 차가 크게 벌어지면, 일을 시키는 쪽도 하는 쪽도 여간 불편할 수밖에 없었다. 나는 그와 받는 급여가 같았고, 괜히 두세 살 크게 부른 나이가 우연히 겹쳤으므로 친구가 될 수 있었다.

* * *

하루 8시간. 일을 하는 시간을 제외하고도, 이런저런 드는 시간들을 합하면 하루 12시간가량을 이곳에서 보내야 했다. 이렇게 오랫동안 함께 지내며, 누군가를 나무라거나 부추기는 일, 모든 정황을 통제하는 일 말고도 그가 제일 신경 쓰는 일이 하나 있었다. 그것은 사람을 분간해내는 일이었다.

가끔씩 물건을 훔치러 오는 사람들이 있었다. 특히, 새 상품이 '발매'된다고 할 즈음에 자주 그런 일이 벌어졌다. 그는 사람들의 복장과 표정, 행동 하나하나를 예의주시했다. 일주일 동안만 해도 꽤 많은 사람들이 오갔는데, 그는 그 사람들을 하나도 빼놓지 않고 수첩에 무언가를 적어가며 가려냈다. 인상착의는 물론, 흡연을 하는 장소나 유독 자주 배회하는 장소가 있을 경우 그것까지 기록했다.

그는 밥을 먹으면서도 곧잘 사람들의 주머니를 유심히 지켜봤다. 가방을 들고 있을 경우엔 더더욱. 식사 시간은 개인 활동이 가능해, 보안이 제일 취약한 시간이기 때문이었다. 하루에도 수천 개의 물류들이 쉴 새 없이 움직이는 곳에서. 더구나 표류하는 상품만큼이나 많은 사람들이 유입하는 일터에서 언제 누가 무엇을 훔쳤는지 파악하기란 여간 어려운 게 아니었다.

그리고 그런 범죄가 발견되는 것은 늘 나중의 일이었다. 택배가 도착 예정일을 한참 넘긴 후에야, 그 소재를 확인할 수 있었다. 그는 열심히 사람들을 흘겨보거나, 노골적으로 노려봤다.

'저 사람은, 오늘 처음 보는 얼굴인데 왜 저렇게 큰 가방을 들고 왔을까.' '왜 저 사람은 식사를 거르는 걸까.' '담배를 너무 자주 피우러 가는데.' 그가 서슴없이 이런저런 걸 묻고 따지는 것도 어쩌면 당연했다. 그것은 단순히 불쾌한 하대가, 어떤 기선이 아니라, 흔히 겪는 직업적인 불편 중 하나였을지도 몰랐다.

하나의 계절이 사람의 의복을 바꿔놓듯, 우리의 관계도 두터워지거나 가벼워져갔다. 다소 당혹스러운 말들로 나를 불편하게 했지만, 그것이 나와 친해지기 위한 일종의 노력이었다는 것도 점차 알게 되었다. 그와 친해질수록 나는 그가 밟아온 생의 뒷길을 기웃거리고 싶어졌다. 그가 이 일을 한 지 6년이 지났다고 했을 땐, 결국 참지 못하고 물었다.

"그렇게 일찍부터 시작한 거예요?"

이 일을 하겠노라 미처 염두에 두었던 것은 아니었지만, 하다 보니 그리 시간이 흘렀다고 했다. 용돈벌이쯤으로 이 일을 얼마쯤 하다가, 벌어놓은 돈이 동나면 다시 찾았고 그렇게 충분히 손에 익어버린 일은 그가 할 수 있는 유일한 일이 되어 있었다고 했다.

자신도 모르는 사이, 제 삶의 계보를 써 내려가고 있던 것이다. 꼬박 몇 년쯤 해버린 일은, 그가 어떤 길로도 함부로 들지 못하게끔 굳어버렸다. 그건 기껏해야 삶의 반경이란 것이 얼마나 짧은 것인지도 알게 해주었다. 그는 되돌아오기엔 이미 먼 길을 걸어와, 돌아온다고 하더라도 예전과는 너무 다른 지점에 서게 될 것임을 스스로 믿는 눈치였다. 삶의 전경은 모두 그런 식으로, 그런 모습을 띠고 있다는 것을 알지만 애써 모른 척 살기로 체념한 사람 같기도 했다.

나는 그의 많은 말들을 가만히 듣고 있다가, 이어서 물었다.

"혹시 뭐 배우고 싶은 건 없어요? 악기라든가."

그가 말했다.

"음식을, 요리를 배워보고 싶어요."

어떤 음식을 만들고 싶은 걸까. 그 손으로 마저 음식을 만든다고 한다면, 과연 어떤 음식일까. 그리고 무슨 맛이 날까. 사람 손에 진짜, 손맛이란 게 있다면 너무 맵고 쓰진 않을까. 아니, 형용 가능하다면 거칠다든가 까끌까끌하다든가 하는 어떤 질감이 나는 맛이라고 설명할 순 없을까.

"국수가게를 차리고 싶어요. 잔치국수 있잖아요. 가게를 차린다면 맛있고 만들기도 간편한 음식이었으면 좋겠다 싶었는데, 떠오르는 게 국수더라고요. 괜찮죠?"

이런 이야길 풀어놓은 게 멋쩍은 것인지, 내가 그의 눈을 쳐다봐서 불편해진 분위기 때문이었는지, 그는 괜히 내 어깨를 툭툭 밀쳤다. 그리고 이제 막 최면에서 깨어난 사람처럼, 주위의 모든 정황을 받아들이고 다시 분주해진 일을 따라가기 시작했다.

일하는 내내 국수 생각이 머리에서 도저히 떨쳐지지가 않았다. 국수가 어떤 음식이었는지도 잘 기억나지 않았다. 아마, 그냥 국수가 아니라 '그가 말한 국수'라고 해야 옳을 것이다. 국수란 게 정말 그렇게 맛있던가, 만들기도 간편했던가. 그러고 보니, 가게를 차린다면 어떤 이름으로 간판을 걸지 물어보지 않았구나.

"저기요, 국수집 이름은 뭘로 지을 거예요?"

그는 간결하고 무딘, 표정과 손짓으로 박스를 접다가 말했다.

"국수집 이름이 뭐 별거 있어요? 그냥 국수집이지."

　　　　　　　　 서로가 서로에게
　　　　　 물드는 찰나

　　참 쓸데없이 먹먹해지는 날이 있다. 난데없이 일방적으
로 어떤 감정을 이식받기라도 한 것처럼. 잎이 물들 듯 감정
에 물이 들었다. 그렇게 가끔가다, 내가 누군가를 물들이거나
내가 물드는 경우가 있었다.

　　나는 누군가의 울음을 주의 깊게 듣거나 느끼긴 해도
섣불리 타이르는 편은 아니었다. 언제나 위안은 내게 가장 난
처한 일 중 하나였다. 나는, 내 위로가 누군가의 슬픔을 기피
하려는 변명처럼 들릴지도 모른다고 생각했다. 슬픔은 늘 일
인칭이었다. 누가 대신하여 아파준다는 말은 실행력이 없었
다. 누가 먹어준다거나 들어줄 순 있어도, 아파줄 수는 없는
노릇이었다.

　　하여, 슬픔을 이해하는 데에는 많은 말들이 필요했다.
그래야 조금이나마 그 슬픔을 이해할 수 있었다. 정성을 다해
주물을 매만져야 보기 좋은 형상이 나오듯, 대상에게 깊이 물
이 들어야 구체화될 수 있다.

　　면도하다가 날에 베여 살이 깊게 패인 적이 있다. 속살
안쪽으로 피가 고일 정도였다. 나는 마땅히 바를 연고가 없

어, 대충 가리듯이 반창고 하나만 붙이고 다녔다. 그 탓에 만나는 사람마다 무슨 일이냐 물었고, 그때마다 일일이 대답하는 일은 꽤 성가셨다.

당시 나는 한창 깎고 다듬는 일에 몰두하던 때였다.《연필 깎기의 정석》이란 책을 보고 괜히 연필과 작은 커터칼 하나를 사서 틈틈이 깎아댔다. 흑심이 닳지 않았는데도 일부러 꺾어 부러뜨리면서까지 깎는 일에 빠져 있었다. 차분히 깎고 다듬는 일은, 마치 나를 다듬는 일이기도 해 오랫동안 깎고 문질렀다. 그러다 턱수염을 깎던 와중에 살을 베고 만 것이다.

다들 그럴 줄 알았다는 식으로, 그러게 왜 그랬냐는 식으로 나를 나무랐다. 호들갑 떨 일은 아니었는데 면박을 주려고 기다렸다는 듯 그랬다. 나를 무안하게 하는 말들은 하나같이 비슷해서 크게 신경 쓰이지는 않았다.

그러나 "깎는 일을 아무리 좋아해도 서툴러서 자주 베인다."는 누군가의 걱정인지 야단인지 모를 말이 나를 건드렸다. 뻔한 말이었는데도, 그 한마디에 무언가 넘어올 듯 울컥했다. 좋아한다는 말 때문이었는지 서툴다는 말이나 베인다는 말 때문이었는지는 도통 모르겠으나 분명 마음이 아리고 저린 구석이 있었다. 어쩌면 그 행간에서 지극한 짝사랑을 읽어서인지도 몰랐다. "참 좋다."라는 말이 "자주 베인다."에 도달하면서, 그 안에 담긴 어떤 진심이 거부당하는 것 같다고 할까. 원래 좋아하는 것들은 모두 그러는 법이니까.

며칠 후, 지인에게 면도기 하나를 대뜸 선물 받았다. 그만 좀 베이라는 뜻인 듯했다. 전동 면도기가 아닌 그냥 면도기를 선물해준 것은 다행이었다. 아직 내가 깎고 다듬는 일에 정을 붙여놓은 터라 그랬다. 그래도 면도기를 선물로 받은 것은 좀 의아했다. 잘은 모르겠으나 분명 내가 그의 마음을 건드리거나 물들인 모양이었다.

나는 연고나 사주면 될 것을 뭐 이런 것까지 다 주냐고 물었으나, 별다른 대답을 듣진 못했다. 대처보다 예방이 중요하다는 듯이, 그러려면 좋은 면도기가 필요하다는 듯이 검은 봉지에 담아 건네줄 뿐, 말이 없었다.

하필 그를 만난 때가 유달리 목이 헐었던 날이었고, 게다가 면도날에 베어 고생을 좀 했던 터였다. 그래서 죽겠다고 투정을 좀 부린 거였는데, 그가 그 말을 덜컥 믿어버렸던 것이다. 그는 왜 내게 면도기를 선물했을까. 살이 베었다는 게 그에겐 너무 치명적으로 들렸던 걸까. 저마다 삶의 방식이 다르듯 "아프다."는 말도 나와는 달리 그에겐 너무 어렵고 무거운 말이었을까.

기껏해야 면도기 좀 선물한 것이라고 받아들이기엔 그의 표정이나 태도가 그리 가볍지 않았다. 으스대지 않았고, 무엇보다 그 선의로 다른 무언갈 보상받겠다는 계산이 없었다. 쓸데없이, 이럴 땐 선물을 받아 들고 웃어야 하나 울어야 하나 헷갈린 것도 바로 그 때문이었다. 마음이 영 불편했다. '쓸데 없이 그의 마음의 무게를 늘려버린 건 아닐까' 싶었다. 안 그 래도 무른 가슴에 구멍 하나를 휜히 뚫어놓은 기분이었다.

아침마다 면도를 하는데 괜히 그를 의식하게 된다. 더욱 잘 밀어야 할 것 같고, 세심하게 다듬어야 할 것 같다. 최대한 민둥하게 깎아보겠다고 턱을 손가락으로 꾹꾹 눌러가며 깎 는데, 또 베기라도 한다면 온종일 그를 피해 다녀야 할지 모 르겠다는 생각도 들었다. 이렇듯 불가피하게 누군가를 물들 이는 일은 난처하기도 하고 감춰둔 마음을 들킨 것 같기도 해서 마음이 열없어지기도 하는 것이다. 가끔은 눈이 맵게 붉 어지기도 한다.

* * *

이번에는 내가 물들어버린 일. 어느 늦은 새벽. 마음이 물렁여 겨우 뭘 좀 쓸 수 있는 상태가 되었다. 내 등 뒤로는 피로에 혹사당한 사람처럼 그녀가 쓰러져 누워 있었다. 집으 로 돌아온 그녀는 배를 곯듯 잠이 고픈지 늘 불편한 자세로 잠을 청했다. 가끔씩 움직일 때마다 걸리는 뼈마디 사이에선 둔탁한 음들이 탁탁 튀듯이 울렸다. 몸이 많이 불편하거나 굳

246

은 사람 같기도 했다. 염치없이 글을 좀 써도 되냐고 묻자, 그녀는 수면등을 켜며 그러라고 했다.

그녀에게 할애받아서 쓰는 빛은 종종 그녀를 잠 못 들게 했고, 몸을 뒤척이는 일이 빈번했다. 그녀의 잠은 선잠이었다. 가끔 뒤를 돌아보면, 자는 일에 지친 사람처럼 쓰러져 자는 모습이 보였다. 팔과 다리가 엇갈리고, 딱 허리 부근까지만 이불을 덮은 채로. 목이 타거나 요의에 잠에서 깰 때면, 그런 제 잠자리를 종종 어색한 눈빛으로 바라보곤 했다. 꽤 오랜 시간 잠을 청하고도 그랬다. 저도 모르게 밴 몸의 습관이 마음에 들지 않는 듯했다.

그때마다, 그녀가 나를 위해 자신의 생활을 버린 것은 아닌가 마음이 쓰였다. 나는 가끔씩 그녀가, 아직 도착하지 않은 먼 미래의 사람처럼 느껴졌다. 그런 그녀를 미리 예습하는 것 같은 기분마저 들었다. 살면서 그런 사람들이 몇 명쯤 있었다. 그녀도 그중 한 사람이었다.

등을 긁어달라며 내게 비스듬히 등을 내밀어 보인 것은 새벽 한 시쯤이었다. 하필 손톱을 잘 손질하지 못한 때라 내 손톱은 날카롭게 날이 서 있었다. 할퀴듯이 긁을 때마다, 시원하다는 말과 함께 붉게 물든 살이 올라왔다. 그 모습은 헤어지는 연인이 서로에게 건네는 안부나 당부처럼 거짓말 같았다. 나 없이도 잘 살라는 말같이, 아픈데도 일부러 시원하다고 멋쩍어 말하는 것은 아닐까 싶었다. 몸을 말듯 웅크리며 애써 잠을 청하는 모습은 무척 메마르고 가녀려 보였고, 괜히 마음마저 시큰해지는 밤이 오래였다.

배가 고파 뭘 좀 먹으러 갈지 부산을 떨다가, 같이 가자고 선뜻 자세를 고쳐 잡는 모습을 보고선 아차 싶었다. 그녀를 괜히 들쑤신 꼴이었다. 근처 국밥집으로 향하면서도 마음만은 편치 않았다.

대체로 알 법한 TV 프로그램에 방영된 적 있는 가게치고는 사람이 없었고, 허름했다. 가게 안은 뭉근히 곤 육수의 구수하면서도 꼬릿한 냄새가 충분히 배어 있었다. 다른 자리엔 국밥보다 술을 마시러 온 것으로 보이는 연인이 있었다. 그 둘은 조용히 국밥을 삼키며 최대한 서로 눈을 마주치지 않으려 노력하는 듯 보였다.

우리는 둘이 와서 겨우 국밥 한 그릇을 주문했다. 그녀는 자지도 못해놓고, 자다 일어나 입맛이 없다고 했다. 무슨 말을 해야 할지 모르겠어서 아무 말도 꺼내지 않다가, 입이 열리면 밥만 떠 넣었다. 얼른 먹어치우고 비워내는 일이 최선이라는 생각이었다. 먼저 온 연인의 테이블에선 술을 나누어 마시며 잔을 탁자에 놓는 소리가 분명하게 들렸지만, 서로의 잔이 부딪치는 소리는 들리지 않았다. 그것은 술잔으로 할 수 있는 가장 간명하고 슬픈 대화이기도 했다.

비릿한 냄새가 지저분하고 혼미하게 흐르는 공간에서 잔이 탁자에 턱턱 떨어지는 소리는 어서 누군가에게 물들라고 떠미는 타전 같았다. 그녀의 등과 잠자리가 머릿속에서 어색하게 맴돌기 시작했다. 헝클어진 이불의 흔적들과 내가 쓴 문장들이. 내 손톱과 그녀의 붉은 살이. 그녀에게 빚진 내 모든 생활이 머릿속에서 뒤척였다.

그릇째 들이켜며 그녀의 얼굴을 살피는데, 붉게 충혈된 눈이 유독 내 마음에 얹힌 것은 그 때문이었다. 피로하고 힘든 눈이 그동안 그녀가 견뎌온 내 불편처럼 느껴졌다. 그런 눈의 모양새를 어떻게든 닮아보려 했는지, 내 눈도 붉게 붉게 달아오르다가 진해졌다.

물이 들어버리는 일은 확실히 그랬다. 마음뿐 아니라 몸도 닮아보려고 애쓰게 만들었다.

그날 밤, 나는 그녀를 글로 옮기다가 잠이 들었다. 한 번 물이 드는 일은 이토록 순간이었으나 빠지는 데에는 오랜 시간이 걸려서, 좀 덜어보겠다고 한 일이었다.

글을 마치면서, 문득 한 장면이 떠오릅니다. 11월이었고, 바람이 점점 식어가는 계절이었습니다. 생전 처음으로 '출판 계약서'라는 걸 받아본 날이었죠. 저는 아직도 첫 미팅을 잊지 못합니다. 늦지 않으려 일찍 준비한 탓에, 조금 이르게 도착해서는 차마 들어가지도 못하고 주위를 몇 바퀴씩 돌아다녔습니다. 누군가를 반기는 일이 썩 익숙지 못한 터라 그랬습니다.

선선하니 반려견과 산책을 나온 분들이 많았어요. 돗자리를 깔고 스테이크를 드시는 분들도 몇 분 계시고. 장소는 주택을 개조해 만든 세련된 카페였습니다. 카페 이름도 '어쩌다 가게'였습니다. 정말 잘 어울린다고 생각했어요.

야외 테이블에서 어색한 인사를 나누고, 수줍게 음료를 주문했습니다. 그리고 본론에 앞서 안부를 묻고, 축하한다는 말과 감사하다는 말을 나눠 받았지요.

저는 그때, "작가"라는 어색한 호칭을 꼬박꼬박 들으며 그 말 앞에서 어떤 태도를 취해야 할지 몰랐습니다. 속으로 내심 기분이 좋으면서도, '그런 말 내가 들어도 괜찮을까.' 하는 모종의 죄책감 같은 것이 있었어요.

저는 그 말을 당연한 '자격'이 아닌, 이제 겨우 글을 좀 쓰게 된 신인 작가에게 어떤 대우를 해주려는 '친절' 정도로 이해했습니다. 때문에, 그 말을 듣는데 종일 부끄러웠던 기억이 납니다.

본격적으로 계약서를 살펴보며 몇 가지 조항들과 액수, 산정算定과 같은 말들이 오고 갔습니다. 저는 그 말의 의미는 하나도 모른 채, 글에 대한 부담감만 표 내느라 바빴죠. 글도 글이지만, 계약에는 그보다 중요한 사항들도 있는 법인데 그랬습니다.

"문장이 좋아요. 허나 글에 관한 부담감은 당연한 부분이고 이제부터 계속해서 가져가야 할 것이니, 일단은 다른 부분에 집중하는 게 좋습니다."

편집자님의 말을 듣고, 제가 괜한 엄살을 부렸다는 생각을 했습니다. 부담은 버리거나 단숨에 소화해야 할 게 아닌,

정면에서 응시하고 성실하게 대해야 할 대상이라는 걸 뒤늦게 알았습니다.

계절이 바뀌고 서로 안부를 물었습니다. 언제나 감사하다는 말도 빼놓지 않았지요. 감사하다는 말을 너무 자주 사용해 그 의미가 샐지 몰라, "언제나 감사드리지만 정말로 감사드린다."라고 말했던 적도 있습니다.

그동안 제 부담의 불평과 고집, 그 모든 까다로운 불편들을 한결같이 이해하고 바라봐준 편집자님께, 언제나 격려만을 받던 제가 수고하셨다고. 언제나 그랬듯 정말 감사드린다고 전합니다.

출판사 측에서 책날개에 앉힐 몇 가지 프로필을 요청했었는데, 쓸 말이 없었습니다. 저는 분명 언제나 글을 쓰며 살아왔는데, 제가 나고 자란 장소는 전부 글 위였던 것 같은데 돌이켜보니 그것을 보증할 만한 공적인 말이 없더라고요.

그보다 익숙한 얼굴들이 먼저 떠올랐습니다. 저와 글 길을 같이 걸어온, 많은 문장과 장면들 앞에서 열심히 고개를 주억거려온, 앞으로도 글 위를 걸어갈 친구들 고맙습니다.

그리고 나의 무대 위로 끌려온, 평생을 여전한 내 부모에게 조금 되바라지고 건방져 버린 자식이 쓴 이 말들을 너그럽게 이해해달라고.

언제나 아무것도 모를 것만 같던 자식이 어쩌다 말을 배워 곁에서 열심히 기웃거리고 훔쳐본 장면들을. 이렇게 당신들의 이야기를 뻔뻔하게 쓴 사실에 대해 너무 노여워하지 말라고. 그리고 제 글 속 인물과 더불어 죄송하다고, 감사하다고 말씀드립니다.

마지막으로 이 모든 과정을 함께 해준 내 맑은 사람에게, 사랑한다고 전합니다.

당신의 계이름

2017년 6월 5일 초판 1쇄 발행
글 · 이음 | 그림 · 이규태

펴낸이 · 김상현, 최세현
책임편집 · 정상태, 양수인 | 디자인 · 최우영

마케팅 · 권금숙, 김명래, 양봉호, 임지윤, 최의범, 조히라
경영지원 · 김현우, 강신우 | 해외기획 · 우정민
펴낸곳 · (주)쌤앤파커스 | 출판신고 · 2006년 9월 25일 제406-2006-000210호
주소 · 경기도 파주시 회동길 174 파주출판도시
전화 · 031-960-4800 | 팩스 · 031-960-4806 | 이메일 · info@smpk.kr

ⓒ 이음(저작권자와 맺은 특약에 따라 검인을 생략합니다)
ISBN 978-89-6570-470-6 (03810)

쌤앤파커스(Sam&Parkers)는 독자 여러분의 책에 관한 아이디어와 원고 투고를 설레는 마음으로 기다리고
있습니다. 책으로 엮기를 원하는 아이디어가 있으신 분은 이메일 book@smpk.kr로 간단한 개요와 취지,
연락처 등을 보내주세요. 머뭇거리지 말고 문을 두드리세요. 길이 열립니다.